Warner Books Edition
Copyright © 1985 by Warner Bros. Inc.
All rights reserved. "This edition published by
arrangement with Grand Central Publishing,
New York, New York, USA. All rights reserved."

Tradução para a língua portuguesa
© Cecilia Giannetti, 2012

Título original: The Goonies

APOSTARAM NO ESCURO

Diretor Editorial
Christiano Menezes

Diretor Comercial
Chico de Assis

Editor Assistente
Bruno Dorigatti

Design e Capa
Retina 78

Design Assistente
Guilherme Costa

Revisão
Retina Conteúdo
Carina Lessa

Impressão e acabamento
Gráfica Geográfica

DADOS INTERNACIONAIS DE CATALOGAÇÃO NA PUBLICAÇÃO (CIP)
Angélica Ilacqua CRB-8/7057

Kahn, James
    Os Goonies / James Kahn; tradução de Cecilia Giannetti - -
Rio de Janeiro : DarkSide®, 2012.
240 p. : il.

    Título original: The Goonies
    Criado por: Steven Spilberg
    ISBN 978-85-66636-08-6

    1. Literatura infanto-juvenil 2. Aventura 3. Novelização de filme
I. Título. II. Giannetti, Cecilia III. Spilberg, Steven IV. Série

12-0223   CDD 028.5

        Índices para catálogo sistemático:

        1. Literatura infanto-juvenil 028.5

DarkSide® *Entretenimento LTDA.*
Rua do Russel, 450/501 - 22210-010
Glória - Rio de Janeiro - RJ - Brasil
www.darksidebooks.com

EDIÇÃO COMEMORATIVA DE 30 ANOS

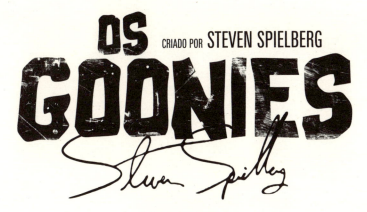

OS GOONIES

CRIADO POR **STEVEN SPIELBERG**

ESCRITO POR
JAMES KAHN

TRADUZIDO POR
CECILIA GIANNETTI

DARKSIDE

Eu jamais trairei meus amigos das Docas Goon,
Juntos ficaremos até o mundo inteiro acabar,
No céu e no inferno e na guerra nuclear,
Grudados feito piche, como bons amigos iremos ficar,
No campo ou na cidade, na floresta, onde for,
Eu me declaro um companheiro Goony
Para sempre, sem temor.

– O JURAMENTO GOONY –

PRÓLOGO

O ASTORIA DA TARDE
- sábado, 24 de outubro -

Em uma ousada fuga nesta manhã, o ladrão armado e condenado Jake Fratelli escapou da Prisão Estadual com um carro que estava a sua espera. Fratelli, de 33 anos, aparentemente fingira seu próprio suicídio enquanto os outros presos tomavam café da manhã e, quando o guarda entrou em sua cela para retirar o corpo de onde ele aparentemente estava pendurado pelo pescoço, Fratelli deixou-o inconsciente, trocou de roupa com ele e, simplesmente, saiu da penitenciária de segurança moderada.

De acordo com o guarda, o policial Emil Yonis: "Ele parecia morto como um coelho atropelado na estrada - com a corda no pescoço e sua língua pendurada para fora. Mas, quando eu fui checar de perto, vi que estava apenas pendurado pela cintura à grade. Foi quando ele me pegou". Yonis foi internado e está sob observação.

Momentos após Fratelli ter deixado o complexo, o corpo nu do guarda foi descoberto e o alarme soou. Os guardas da prisão deram início a uma perseguição, mas um veículo preto off-road esperava o fugitivo exatamente em frente a uma colina ao lado da penitenciária. Quem conduzia o veículo era a mãe do prisioneiro, Mama Fratelli, 56 anos, também fugitiva, acompanhada do irmão do prisioneiro, Francis, 31 anos, atualmente procurado para interrogatório após uma série de incêndios ocorridos no inverno passado, em Portland.

A fuga obviamente havia sido bem planejada. Assim que Jake se aproximou do veículo que o aguardava, Francis acendeu um longo rastro de gasolina que havia sido derramada por vinte metros de distância do carro, criando uma parede de fogo que efetivamente impediu a perseguição imediata.

A polícia foi notificada imediatamente. Enquanto as autoridades fechavam o cerco, o veículo de fuga foi visto novamente na Rota 27 perto de Hillside, e seguiu-se uma perseguição em alta velocidade, passando por toda a área do cais, pela escola ginasial, através da área de Depósito de Resíduos Municipal, em torno da marina e, finalmente - com um golpe de precisão desafiadora dos Fratelli -, bem no meio de uma corrida de carros, com mais de 50 outros veículos off-road. Foi na confusão dessa camuflagem que os Fratelli conseguiram escapar.

Não havia placas no veículo, mas ele pode ser facilmente reconhecido pelos inúmeros buracos de bala que a polícia fez em suas laterais. Foi visto pela última vez rumo ao norte, em direção a Janesville, embora já existam relatos de um veículo similar avistado próximo a Fresno.

Os funcionários da prisão agora conduzem uma investigação sobre os procedimentos de segurança em suas instalações. O guarda Emil Yonis foi afastado do serviço, enquanto os resultados deste inquérito são aguardados.

Os Fratelli estão armados e são considerados perigosos.

MEU NOME É MIKEY WALSH...
OS GOONIES...
NADA A FAZER...
A HISTÓRIA DO GORDO...
TRÊS CARAS DE ROUPA ESPORTIVA...
COISAS DE MUSEU...
EU ENCONTRO O MAPA...
UM X MARCA O LOCAL.

CAPÍTULO

I

Então, meu nome é Mikey Walsh. Michael, na verdade, mas ninguém me chama assim, a não ser o meu avô, mas só quando ele consegue se lembrar de quem eu sou. Na maior parte do tempo ele só fica lá deitado na rede do quintal lembrando de quando ele tinha treze anos. E esta é a minha idade. Treze.

Sou baixinho para a minha idade. Não feito um anão ou coisa assim, e eu não sou covarde. Mas, por outro lado, você não vai me encontrar no estacionamento depois de um jogo de futebol com a torcida do *Glen Oaks West*, querendo me misturar com aqueles ogros. É Brand quem diz que eu sou covarde. Ele é o meu irmão.

Mas eu não sou. Um covarde, quer dizer. Eu só tenho coisa melhor pra fazer em vez de gritar sobre quem acabou com a raça de quem na partida. O meu negócio é a aventura, mesmo que ela seja em geral bem difícil de se encontrar em uma porcaria de cidadezinha como esta.

Brand diz que não é que eu seja baixo para a minha idade, é que eu sou baixo para o meu tamanho. Ele se arrebenta de rir com isso. Mamãe diz que eu sou "franzino". Na verdade, eu sei do que eles estão falando. É que eu não estou em nenhuma das equipes como Brand, que eu uso aparelho nos dentes, sofro de asma e fico resfriado direto, mais do que a maioria das outras crianças, principalmente no outono. Foi no outono que essa história toda aconteceu, mas eu vou chegar a isso já já.

Pra dizer a verdade, outubro é o meu mês favorito, apesar de a Mamãe considerar "a estação da gripe" e ficar histérica com a minha saúde. No entanto, outubro é ótimo para as folhas das árvores. Elas ficam com essas cores maneiríssimas e caem, e eu posso juntá-las em pilhas para queimar e sentir aquele cheiro. Claro, também chove muito. Mas quando isso não acontece, tem esse tipo de vento especial, misterioso, que parece vir direto da terra e passa através de mim, tipo, através do meu coração ou algo assim. Quer dizer, eu sei que não é bem assim, mas é assim que parece. Um tipo de mágica antiga. Outra coisa massa é que ainda tem a festa de Halloween no mês de outubro.

Como eu ia dizendo, eu adoro o outono. E o que eu odeio mesmo é o meu aparelho nos dentes, principalmente quando o Dr. Hoffman o aperta uma vez por mês para corrigir a minha má-oclusão. É um procedimento tão demorado como uma receita de puxa-puxa de marshmallow. Além disso, uma vez, quando eu beijei a Cheryl Hagedorn — na verdade, ela me beijou — nossos aparelhos ficaram enganchados um no outro. Ficamos assim, presos pela boca, foi nojento, e eu tive que desenganchar a gente com a pinça de sobrancelha dela no espelho retrovisor do Chevy do pai dela. Depois disso, eu fiquei sem vontade até de olhar para ela e, provavelmente, ela não quis mais me olhar também. Dr. Hoffman quis saber se eu andava roendo as unhas ou o quê.

Uma outra coisa que odeio é a minha asma, que Brand diz ser coisa da minha cabeça.

Mamãe diz que não, que é algo nos meus pulmões, e que meu cérebro é que está em minha cabeça. Então o Brand geralmente diz algo como: "O cérebro do Mikey não está na cabeça dele, seu cérebro está onde ele senta". E aí Mamãe diz a ele para fechar a matraca e parar de ser tão estúpido. Mas ele não é, realmente, ele está apenas sendo o Brand.

Ele realmente é um cara muito legal. Só que bem menos legal do que ele pensa que é. Ele tinha dezesseis anos quando esta confusão toda aconteceu, começando seu primeiro ano ginasial no Astoria, já na turma de competição de luta, mas, no futebol americano, ele só fazia parte do time júnior. De qualquer forma, ele não é nada parecido comigo, ele é loiro e de olhos azuis e malha com aparelhos de ferro, e não é só um atleta qualquer. Ele sabe de tudo um pouco.

A Mamãe e o Papai são só normais. Quer dizer, eles são ok, mas não sei o que está acontecendo. O Papai trabalha no museu, e a Mamãe, bem, é mãe.

Nós vivemos em uma grande e velha casa branca de madeira de três andares na parte da cidade chamada Docas Goon. Não é muito longe das próprias docas — Astoria se estende pelo litoral, até Oregon — e é basicamente o que Papai chama de um bairro operário. Mecânicos, pescadores, trabalhadores da construção civil - quando há trabalhos de construção por perto -, são quem vive aqui. Pessoas como nós. Se houvesse alguma ferrovia na cidade, nós provavelmente estaríamos do lado errado, pelo menos é o que pensariam as pessoas que fazem parte do Country Club Hillside. Eles são os únicos que chamam isto aqui de Docas Goon e chamam a nossa gente de Goons. Tudo bem por nós, no entanto, porque gostamos de quem somos. Por isso chamamos a nossa turma de os Goonies.

Não é bem uma gangue, realmente. É mais como um clube. O Pai chama isso de uma classificação, mas, bem, eu já disse a você, ele trabalha para o museu.

Primeiro há o Bocão Devereux. Ele é o mais velho e, definitivamente, o palhaço do grupo. Ele está sempre contando piadas ou pregando peças ou apenas, geralmente, tagarelando. Eu nunca o vi sem um sorriso. Ele costumava levar bomba na escola por mau comportamento o tempo todo. "Apenas tentando chamar a atenção", é o que o coordenador da escola disse. Apenas tentando rir por último, é o que eu digo. O mais incrível é que ele pode arrancar risadas em diferentes línguas. Ele é tipo um especialista em línguas ou algo assim. Um homem de muitas bocas. Ele pode contar piadas sujas em francês, espanhol, alemão e português, e eu nem mesmo sei onde é Portugal. Ele também é um bobo que gosta de fazer rimas. Como ele não consegue se segurar, às vezes ele transforma automaticamente uma conversa em rima. E não só isso, você pode dar qualquer assunto para ele, como vacas, por exemplo, e em cerca de cinco segundos ele pode até inventar uma pequena canção rimando sobre o tema. Como "A vaca velha marrom, com certeza emudece o tom, para puxar aquele arado, sem dizer sequer um oummm". Somente o Bocão pode fazer isso muito melhor do que eu. E muito mais engraçado. Se há uma gracinha no ar ou uma piadinha implorando para ser feita, Bocão é sempre aquele que não consegue resistir. Acho que é porque o pai dele é encanador, uma profissão em que é melhor ter muito bom humor.

E aí tem o Gordo Cohen. Pode imaginar por que ele é chamado Gordo? Mas uma outra coisa a respeito dele é que talvez o Gordo seja o maior loroteiro deste hemisfério. Quer dizer, estou falando de invenções em seu mais alto nível. Não me interpretem mal, ele é um cara realmente muito bacana – mas há vezes em que ele pode contar coisas totalmente fictícias como se fossem reais. Eu não acho que ele minta, exatamente, porque ele acredita que está dizendo a verdade. Mas, de alguma forma, a história muda em sua mente a partir de algo que ele desejava que tivesse acontecido, para algo que poderia ter acontecido, até algo que mais ou menos aconteceu, para algo que realmente aconteceu. E então, uma vez que ele conta a história, é como se ele tivesse ouvido aquilo em algum lugar, então aquilo realmente deve ter acontecido. Assim, uma vez convencido de que aquilo aconteceu, ele toma a liberdade de dar um polimento na história. E ainda outra coisa sobre o Gordo é que seus pais tiveram sua afiliação rejeitada no Country Club Hillside porque são judeus, segundo diz o Gordo, e o lugar é o que ele chama de "exclusivo". Mas eu acho que é só porque eles são idiotas – o pessoal do Country Club, quer dizer, não os pais dele. Os pais dele são muito legais, mesmo que eles se vistam tão mal quanto o Gordo. Mas eu não iria participar desse clube nem que me pagassem, e eu estou feliz por pessoas como os pais do Gordo não conseguirem arrastá-lo para onde ele teria que aprender a jogar golfe em vez de saltar os barris no jogo do Donkey Kong.

O último Goony é o meu vizinho do lado, o Ricky Wang. Nós o chamamos de Dado. O cara é um gênio. Ele sabe tudo sobre computadores e eletrônicos e coisas desse tipo, e ele está sempre inventando coisas incríveis como anéis que têm lanternas neles e fivelas de cintos que disparam bombas de fumaça. Engenhocas realmente legais. Exceto que um monte delas nem sempre funciona muito direito. Ele adora os filmes do James Bond, e é a partir deles que Ricky imagina algumas de suas engenhocas, mas às vezes eu acho que ele sai no meio do filme para comprar pipoca e perde as partes mais importantes.

Esse é o nosso grupo. Não muito bagunceiro, mas também nada demais nunca tinha acontecido por aqui. Até a primavera passada, quando ficamos sabendo que o Country Club Hillside era dono da maior parte da terra e de todas as casas em nossa área nas Docas Goon, tudo estava "hipotecado" e eles iriam "executar a hipoteca" em breve. Quer dizer: tomar tudo de volta e destruir para construir um campo de golfe ridículo no lugar exato onde moramos.

Bom, houve audiências públicas, investigações e estudos de impacto durante toda a primavera e o verão, e em certo momento parecia que metade do local de fato pertencia a uma grande corporação de Portland, mas depois descobriu-se que era apenas uma empresa *holding*, seja lá o que isso queira dizer, dos bobões do Country Club, então pareceu que tudo estava perdido, ainda mais porque esses esnobes de Hillside são conhecidos por ter um bocado de influência em Eugene,[1] mas depois houve um recurso judicial de última hora, e o juiz disse que nós, goonies, tínhamos o direito de fazer uma primeira recusa e, portanto, podíamos comprar as nossas próprias hipotecas se quiséssemos e se tivéssemos o dinheiro. Vimos logo que tudo estava perdido, pois, se qualquer um de nós tivesse dinheiro, para começo de conversa, não teria ido viver na parte baixa das Docas Goon.

[1] Eugene, cidade de Oregon, Estados Unidos.

Então, perto do Dia do Trabalho[2], nós tínhamos certeza de que seríamos expulsos e que nos espalharíamos pelos quatro ventos que nem poeira e nunca mais nos veríamos outra vez.

Bom, foi aí que a ordem de despejo chegou. No dia 25 de outubro nós já teríamos que ter dado o fora. Pensei em fugir, mas não parecia certo despejar uma coisa dessas em cima dos meus pais. Bocão estava doido para jogar ovo podre na porta do clube, e eu admito que a ideia tinha um certo charme. Mas de alguma forma as semanas se passaram, e nós acabamos não fazendo muita coisa, e então de repente o 24 de outubro chegou e, digo a você, eu estava muito pra baixo. E mais: no fundo do poço.

Mas logo aquele estranho vento de outubro soprou através da janela do sótão e, de repente, eu sabia que algo estava para acontecer. E realmente aconteceu.

Portanto, esta é a história do que aconteceu naquele último longo dia do outono passado, o dia antes do nosso despejo. E eu sei que um boa parte desta história vai parecer difícil de engolir, mas juro por Deus que cada palavra é verdadeira.

Tudo começou com eu e o Brand sentados na sala, olhando pela janela. Na verdade, eu estava sentado. Brand estava pendurado pelos tornozelos na barra de flexão. Brand sempre consegue encontrar algo para fazer, mas eu estava tão entediado que chegava a estar irritado.

"Nada de excitante acontece por aqui", eu disse. O Brand não respondeu, ele estava se divertindo à beça se balançando pelos calcanhares. Mas eu estava falando sério. Aquele lugar estava morto. Talvez não fosse uma ideia tão ruim,

---

[2] Nos Estados Unidos, o Dia do Trabalho é celebrado na primeira segunda-feira de setembro.

sairmos dali. Bem, todas essas outras crianças por aí viveram aventuras, como o Tom Sawyer, o Luke Skywalker e o Jim Hawkins.[3] E as minhas aventuras, quais são? Apenas consultas com o ortodontista.

"Quem precisa das Docas Goon, quem precisa desta casa, eu mal posso esperar para sair daqui", reclamei, e desta vez consegui chamar a atenção de Brand.

"Sério?"

Ele continuava pendurado lá, mas sabia do que eu estava falando – para ele eu era tão transparente quanto soda, e do jeito que ele disse: "Sério?", ele fez com que eu visse através de mim da mesma forma.

"De jeito nenhum", eu disse, "só estava tentando fazer com que eu me sentisse melhor. Tentando me diluir."

"Iludir", disse ele. Eu disse que ele sabia coisas.

"Sim", eu disse.

"Bem, eu sei como você se sente, seu banana. Com certeza vou sentir falta deste lugar", admitiu ele.

Nenhuma dúvida sobre isso, eu também ia sentir. Dei uma pitada no inalador *Primatene Mist*[4] para minha asma – sentia meu peito apertado – e comecei a vagar pela casa.

Cozinha. Nada acontecendo. Sala de jantar. Definitivamente, nada. Sala de jogos. Liguei a TV, mas era manhã de sábado, o que significa desenhos animados para crianças, o que significa nada.

Havia uma revista *Mad* no sofá, então eu sentei e peguei. Na parte de trás tinha essa coisa chamada de *fold-in*, que é como um pôster dobrável em uma revista de sacanagem, mas

---

[3] Respectivamente, protagonistas da série escrita por Mark Twain, da trilogia original de *Guerra nas Estrelas* e de *A Ilha do Tesouro*, de Robert Louis Stevenson.
[4] Marca norte-americana de inalador para asma.

o contrário. O que esse negócio é, é esta imagem com palavras que diz algo como "Bombardeie os Comunistas", mas depois que você dobra a página nela mesma, de repente, ela se transforma nesse quadro totalmente diferente, e diz "Banir a Bomba", ou algo assim. É como uma espécie de mensagem secreta escondida na original. Você provavelmente não sabe bem do que eu estou falando, se você nunca viu, mas provavelmente dá para ter uma ideia. De qualquer forma, se você já sabe como é o lance, você pode olhar para a página de trás e às vezes descobrir o que a imagem e a mensagem secreta vão ser quando a página for dobrada para dentro.

Descobri logo qual era a desse lance. Chato.

Havia um quebra-cabeças semiacabado em cima da mesa, coisa em que eu sou definitivamente bom. Eu consigo, tipo, "ver" onde as partes vão se encaixar, sem realmente tentar descobrir. Algumas pessoas colocam todas as peças azuis em uma pilha, e todas as flores em uma pilha, e fazem isso cientificamente assim. Eu não. Eu só olho para ele, e é como se eu quase pudesse sentir onde uma peça se encaixa. É instintivo.

O coordenador da oitava série me disse que eu tive nota alta em "análise de relações visuais", mas que leio abaixo do meu nível. Não é que eu não goste de ler. Eu gosto. É só que assim que eu começo a ler, eu vejo tudo em minha mente e é como um filme para mim, e eu fico meio que perdido nessas "relações visuais", e minha mente divaga um pouco e aí eu me perco.

Mas aí eu peguei uma peça do quebra-cabeças e, tipo, apertei um pouco os olhos e a virei do contrário... e a encaixei confortavelmente ao lado daquela a qual pertencia. Tudo instinto. E se há uma coisa que aprendi com Obi-Wan Kenobi é confiar em meus instintos.

Então o Bocão chegou. Não é preciso ser gênio para ver que o Brand e eu estávamos deprimidos, o Bocão percebeu logo e tentou nos animar com seu show.

"Espera – O que é isto, a Funerária Finklestein? Olha só para vocês largados aí como se fosse o sábado da destruição nuclear. Vamos lá, caras! Este é o nosso último fim de semana juntos! O último fim de semana Goony! A gente devia é estar passeando no maior estilo – dando uma volta pelo litoral, cheirando umas lingeries, entornando umas cervejas..." Sem que sua boca perdesse uma sílaba, ele acertou o Brand na barriga e passou à sua imitação de John Belushi, do *Saturday Night Live*: "Mas nãããããão! Você tinha que estragar tudo. Você tinha que ser reprovado no exame de direção..."

Brand estendeu a mão para golpear o Bocão com maestria, mas ele saltou para trás – seus pés eram ainda mais rápidos do que sua boca. Ainda assim, Brand o teria apanhado, se o sino no portão da frente não tivesse tocado e dado o assunto por encerrado.

"Alerta Babaca", gritou o Bocão.

Nós todos olhamos pela janela e vimos o Gordo de pé na porta da frente, vestindo sua camisa havaiana absolutamente horrorosa, calças xadrez e meias pretas. Se o Gordo não fosse um Goony, ele teria tido sérios problemas com roupas daquele tipo.

Agora ele estava gritando. "Ei, pessoal, vocês têm que me deixar entrar! Eu acabei de ver a coisa mais incrível..."

O Bocão gritou de volta: "Primeiro você tem que fazer o Sacode a Pança".

O Gordo amarrou a cara, mas suspirou e levantou a camisa para mostrar suas banhas, e então ele começou a rebolar, dançando o *twist*, fazendo com que tudo nele se balançasse. Isso fez o Bocão rachar o bico de tanto rir, como sempre fazia, mas só me deixou mais deprimido. Quer dizer, o Gordo era zoado à beça, e não era como se o Bocão não tivesse coisas de que pudéssemos rir. Ou eu, por exemplo.

"Para com isso, Bocão", eu disse, e fui até a janela. Temos uma gambiarra para abrir o portão da janela: eu deixo cair um bastão da soleira da porta para a varanda até ele acertar uma bola de boliche, que rola em uma pista e cai em um balde, que puxa para baixo uma corda, que fecha um fole, que explode um balão com um pino que o fura, aí o barulho assusta o nosso coelho de estimação, Félix, que começa a correr na esteira em sua gaiola, e a esteira giratória abre a válvula que liga a mangueira do *sprinkler* do jardim da frente e, assim, as lâminas do *sprinkler* rotativo, já amarradas a uma outra corda, presa ao portão, puxam o portão até que ele se abra quando o *sprinkler* é ligado.

Goonies gostam de coisas como essa. Eu acho que é porque nós não podemos controlar nada em nossas vidas, ou no mundo, como uma guerra nuclear ou a fome, ou os lixões tóxicos ou onde podemos estar vivendo na semana que vem ou o que vai ter para o jantar, mas podemos controlar cada detalhe de alguma engenhoca que vamos construir ou de uma piada que vamos dizer ou cada guloseima entre as refeições que vamos atacar.

De qualquer forma, eu abri o portão do jeito que eu queria, e o Gordo entrou. Eu não o via tão animado assim... desde o sorteio do *Burger King*.

"Vocês tinham que ter visto!", ele disse. Ele mal podia esperar para entrar. "Carros de polícia perseguindo esta caminhonete de tração nas quatro rodas! Foi a coisa mais incrível que eu já vi!"

"Mais incrível do que quando o Michael Jackson foi na sua casa para usar o banheiro?", eu disse.

O Bocão disse: "Mais incrível do que quando você comeu o seu próprio peso em pizza?"

"Mais incrível do que quando você salvou aquelas pessoas velhas daquele lar para idosos que estava pegando fogo?", o Brand lascou.

Como eu disse, o Gordo tende a mentir como um político, por isso nenhum de nós acreditou nele.

"Honestamente, caras, desta vez é para valer. Eu estava no Maloney jogando *Guerra nas Estrelas* e –"

"Você ia explodir todas as torres?"

"Não, eu estava só começando quando esse carro passou, crivado de buracos de bala."

"Crivado? Onde você ouviu essa palavra... *Dick Tracy*?"

"Não, cara, é verdade, e os policiais estavam perseguindo ele, e todos eles estavam atirando."

"Então você virou as suas armas de *Guerra nas Estrelas* em direção aos bandidos e os pulverizou?"

"Não, não foi isso."

"Gordo, por acaso você estava bebendo o milk-shake duplo de chocolate do *Maloney* no momento?"

"Sim, e daí?"

O Bocão balançou a cabeça. "É um pico de açúcar. Deixa algumas pessoas malucas. Eu me lembro de uma vez –"

Antes que o Bocão pudesse falar ainda mais, ou qualquer um de nós pudesse sossegar a boca do Gordo, de repente ouvimos a canção-tema do James Bond retumbando do lado de fora. Bom, eu sabia o que aquilo queria dizer. Fiquei de pé e escancarei a grande janela lateral.

Era o Dado, voando através da janela. Bem, não exatamente voando. Veja, nós tínhamos esse varal de náilon, que aguentava mais de 90 quilos, amarrado entre o quarto do segundo andar e a nossa sala de estar no primeiro andar, então sempre que ele queria fazer isso direito, ele sinalizava com alguma música do 007 em seu toca-fitas, aí eu abria a janela e ele se pendurava nessa engenhoca de roldana e deslizava pela corda bem para dentro de nossa casa.

E então foi isso o que ele fez desta vez, só que ele estava mais perto do que eu esperava e não saí do caminho a tempo, e ele se atirou bem para cima de mim. Nós dois caímos, e eu passei rolando pelo Brand, que se chocou contra o Gordo. O Gordo não era o cara mais rápido do mundo, então ele caiu para trás sem ter como reagir, em cima dessa estátua que ficava sobre a mesa de café, derrubando-a em cheio no chão – a estátua de um cara pelado chamado David feito por esse grande artista superfamoso chamado Michelangelo, que pintou a Capela Sistina para o papa e depois fez parte do *Caesar Palace*, em Las Vegas, eu acho. Enfim, Mamãe amava essa estátua.

O Gordo ficou meio nervoso, se levantou, pegou a estátua e começou a colocá-la de volta no lugar quando nós dois notamos algo ao mesmo tempo – o você-sabe-o-quê da estátua estava quebrado. Bem, não quero parecer grosseiro, mas como eu disse, era uma estátua de um homem pelado, então acho que você sabe do que estou falando.

Portanto, essa era uma notícia muito ruim, e a Mãe ia ter um filho pelo nariz quando descobrisse. Fiquei um pouco ofegante só de pensar, por isso dei uma inspirada no inalador *Primatene Mist*. O Gordo colocou a estátua no lugar, e eu encontrei rapidamente o você-sabe-o-quê debaixo da mesa e o levei até a estátua.

"Esta é a peça favorita da minha mãe", eu disse.

"Você não estaria aqui se não fosse", riu Bocão. Sempre zoando com a nossa cara.

O Dado tirou um mapa dos Estados Unidos da mochila que ele sempre usava, e o abriu no chão. "Algum de vocês já ouviu falar de Detroit?", questionou. Ele ainda tinha um pouco de sotaque chinês, os pais quase não falavam inglês. Eles tinham um restaurante na avenida Algonquin, que a Mamãe disse que era bom porque não usavam muito glutamato monossódico.

"Detroit – grande lugar", disse Bocão. "É onde a *Motown* começou. Também tem a mais alta taxa de assassinatos no país. Eles cantam blues, matam pra chuchu, ai, ai Jesus."

O Dado parecia meio perdido. "Meu pai tem irmãos lá com um grande restaurante chique que querem que ele ajude a gerenciar. É para lá que estamos nos mudando quando perdermos a nossa casa amanhã."

"Não fale dessas coisas", eu disse a ele. Eu queria manter aquilo tudo fora da minha mente por um tempo, não suportava pensar naquilo agora. "Isto nunca vai acontecer. Meu pai vai consertar tudo."

"Não a menos que ele receba seus próximos 400 salários até amanhã à tarde", disse o Brand. Ele não era do tipo que vivia em um conto de fadas, que é o que ele dizia que eu fazia algumas vezes. Mas eu acho que, às vezes, não há nenhuma razão para não se fazer isso, pois a realidade é tão confusa. Uma vez eu vi umas pichações em uma cabine do vestiário dos meninos que dizia: "Não há gravidade, a Terra é um saco". Bem, há momentos em que isso é verdade. E, como o Brand estava tentando provar isso naquela ocasião, ele foi até a janela da frente e fez sinal para nos aproximarmos. "Venham cá. Deem uma olhada nisso."

Nós nos juntamos a ele e olhamos.

Três caras usando roupas esportivas estavam de pé na frente do portão, olhando nossa casa de cima a baixo. Nossa casa! Um deles estava falando, varrendo seu braço pela extensão de terra como se ele fosse um explorador ou algum outro tipo maldito desses, reivindicando tudo aquilo para o seu país. Eu esperava que a qualquer segundo ele fosse plantar uma bandeira ou coisa parecida. O cara ao lado dele tinha um daqueles negócios de topografia, como um telescópio sobre uma bússola de três pernas, e ele estava dirigindo a coisa para a nossa garagem. Em seguida ele apontou e disse alguma coisa, e os três riram. Aí o terceiro cara pegou um galho direto do chão e imitou uma tacada de golfe com ele, e depois todos riram novamente. Aquilo me deixou enojado.

"Olha só para eles. Sorrindo", disse Brand.

"Praticamente babando", disse Bocão.

"Eles simplesmente não podem esperar até amanhã, quando executarem todas as hipotecas", disse Dado.

"E destruírem as Docas Goon," o Bocão acrescentou. "O dinheiro fala, o Goony vaza".

Brand disse: "Quando eles destruírem nossa casa, espero que tenha areia movediça embaixo..."

"E que eles nunca consigam tirar suas bolas dali." Eu meio que soltei uma risadinha fina.

"Isto é uma guerra", disse Dado. Ele parecia realmente irritado. Eu sabia o que estava por vir. "Vá em frente, Mikey, abra a janela, eu vou pegá-los. Eu tenho minhas opções de ataque de agente especial todas preparadas." Ele abriu o casaco e removeu o toca-fitas que estava pendurado em seu pescoço. Amarrado ao seu peito estava uma caixa com cordinhas saindo dela, e pequenos anéis de plástico no final de cada cordinha, como aquela se puxa das costas de uma boneca *Fala Nenê*[5] quando você quer fazê-la falar.

---

[5] Boneca *Chatty Cathy*, no original.

Então ele saca um par de óculos de aviador de sua mochila, os coloca e os conecta à caixa em seu peito com uma espécie de adaptador e grita "Óculos da Morte!" já pela janela afora e puxando o anel amarelo na caixa.

Nós todos ficamos uns passos para atrás, porque você nunca pode dizer o que vai acontecer quando o Dado se irrita. O que aconteceu desta vez foram dardos de muito pouca sucção atirados pelas laterais de seus óculos de sol e que se prenderam à janela, puxando os óculos com eles.

Eu não tinha certeza se era aquilo que deveria acontecer ou não, mas o Dado não parecia muito satisfeito com os resultados. Ele gritou ainda mais alto, dando um passo para trás, "Beliscadores Perigosos!" Nós recuamos ainda mais. Ele puxou outra cordinha.

Um conjunto de dentaduras mecânicas disparou de seu peito pela extremidade de uma bobina de metal espessa, como se fosse um brinquedo de *Mola Maluca*,[6] apenas maior. As dentaduras atravessaram a sala batendo freneticamente seus dentes, em um superimpulso da mola, soando como uma metralhadora, até que abocanharam nossas cortinas e ficaram ali penduradas, segurando-as firme na mordida como um cão de ferro-velho a um rato morto.

Dado tentou soltá-las, mas a engenhoca não largava. Ele puxou mais um par de cabos, mas nada aconteceu. Ele começou a ficar nervoso de verdade, mas o Bocão colocou o braço em torno do ombro dele e disse: "Calma, zero-zero-à-esquerda." Mas ele disse isso numa boa.

Não importava se as engenhocas do Dado não funcionassem muito bem, era a intenção que contava. E todos nós apreciávamos os seus esforços, assim como ele apreciava a

---

6   Mola *Slinsky*, no original.

intenção do Bocão agora, apesar de a boca do Bocão não saber exatamente o que dizer.

Foi então que a Mamãe entrou. Ela era muito velha, quarenta ou algo assim, mas ainda era mais bonita do que a maioria das mães. Ela tinha sido modelo do catálogo da *Sears*. Mas isso foi há muito tempo, e agora seu braço estava quebrado e em uma tipoia, por causa de um acidente com a centrífuga. Lembro que quebrei meu braço uma vez, quando caí na escavação da nova construção do conjunto habitacional *Cuesta Verde Estates*, e o médico teve que quebrá-lo de volta na outra direção para consertá-lo. Ele disse que era a única maneira de colocá-lo em linha reta. Pensei naquilo quando a Mãe entrou no quarto, e voltei a pensar nisso mais tarde, quando chegamos ao farol, mas eu vou falar nisso depois.

Enfim, Mamãe chegou com uma empregada doméstica do México ou El Salvador ou um daqueles lugares para onde a Mãe não iria por causa da água ou dos rebeldes. "Garotos", disse ela, "esta é Rosalita."

Acenamos. O Gordo ficou na frente da estátua quebrada de David para que a Mãe não a notasse.

"Rosalita não fala muito inglês", disse Mamãe, "e ela tem que me ajudar com os embrulhos. Então eu queria saber se algum de vocês... bem, eu sei que alguns de vocês têm estudado espanhol na escola... "

"Eu falo espanhol perfeitamente, Sra. Walsh", disse o Bocão. Como eu disse, ele tinha uma boca com um monte de línguas.

"Isto é maravilhoso, Clarke." Mamãe sorriu para ele. Seu nome no papel era Clarke, e era assim que a maioria dos pais o chamavam. "Preciso de ajuda para ir explicando algumas coisas para ela, então se você puder vir com a gente por alguns minutos..."

"Sim, senhora", disse Bocão, e aproximou-se dela. O Dado revirou os olhos para mim. O Brand voltou a pendurar-se de cabeça para baixo. Mamãe sumiu com o Bocão e a Rosalita. O Gordo olhou para mim com aquela cara de doente e pegou a estátua. Tinha um buraco gigante na virilha da coisa. Então Gordo me deu um sorriso ridículo e disse: "Você acha que a sua mãe vai notar?"

Eu dei a ele uma garrafa de cola *Elmer* e pedi a ele para fazer alguma coisa direito, para variar. E segui atrás do Bocão, só para me certificar de que ele não estava deixando minha mãe enojada.

Eles estavam no quarto dos meus pais, em frente à cômoda. Eu fiquei atrás, à porta. Mamãe estava falando com a Rosalita, alto e lentamente, como se isso pudesse fazê-la entender. "Meias e cuecas na gaveta de cima. Camisas e blusas na segunda. Calças na parte inferior. Sempre separe as roupas." Então ela se virou para o Bocão e disse: "Pode traduzir isto?"

"Claro, Sra. Walsh." Ele acenou com a cabeça. Então ele se virou para a Rosalita e disse um monte de coisas em espanhol que mais tarde me explicou o que significavam: "A maconha fica na gaveta de cima. A cocaína e a anfetamina na segunda. A heroína na parte inferior. Sempre separe as drogas". De qualquer forma, é o que ele me disse que havia dito, e acreditei nele porque a Rosalita pareceu um tanto apavorada.

Mamãe apenas sorria.

Em seguida, eles saíram pela outra porta, no corredor, e Mamãe apontou para o alçapão no teto. "Este é o sótão. O Sr. Walsh não gosta de ninguém lá em cima. Nunca." Então ela acenou para o Bocão novamente.

Desta vez ele me disse que sua frase foi: "Nunca vá até lá. É repleto de artefatos de tortura sexual do Sr. Walsh". E não havia dúvida; desta vez o rosto da Rosalita ficou branco sob o marrom, ela até parecia meio bege.

Mamãe abriu um armário na dispensa. "Este é o armário da despensa. Você vai encontrar tudo de que precisa aqui dentro. Vassouras, esfregões, inseticida, *Lysol*."

E desta vez, depois que o Bocão terminou sua explicação em espanhol, a Rosalita parecia pronta para voltar para o sul da fronteira, com rebeldes ou sem rebeldes. O que ele disse a ela foi: "Se você fizer um trabalho ruim, vai ficar trancada aqui com as baratas por duas semanas, sem água ou comida".

De qualquer forma, pela maneira como a Rosalita estava reagindo, eu tinha uma ideia do que ele poderia estar dizendo, ainda que a Mamãe nem imaginasse, então desisti de acompanhá-los. Eu não gostava muito quando o Bocão zoava assim, fosse a banha da barriga do Gordo ou alguma pobre senhora que ainda não sabia falar inglês. E, pensando no Gordo, eu me perguntei como é que ele estaria se saindo com o trabalho de colagem, assim fui rapidamente para a sala de recreação, de onde vinha os barulhos da TV.

Quando cheguei lá, o Brand estava assistindo a um programa, e o Dado estava assistindo ao Gordo terminar de consertar a coisa. Ele estava de costas para mim, então dei a volta para encarar a estátua assim que o Gordo tirou sua mão dela. "O que você acha?", ele disse.

O idiota tinha colado a coisa de cabeça para baixo. Por isso, o negócio estava apontando para cima.

Nós todos rolamos de rir, mesmo o Brand, que primeiro deu um tapa na cabeça do Gordo. Era uma coisa hilária de se olhar. Mas eu sabia que o problema já estava a caminho pelo corredor. Brand fez uma piada suja, mas acho melhor nem contar.

Ouvimos todos os três descendo as escadas, vindo do andar de cima. O Dado estalou os dedos, puxou uma folha de uma das plantas da Mamãe e grudou-a sobre a virilha do David, e todos nós fomos jogar bolinhas de gude em frente a um velho filme de Abbott e Costello[7] quando a Mamãe chegou com o Bocão e a Rosalita.

A Rosalita parecia enojada. O Bocão não me disse naquela hora o que ele havia despejado sobre aquela pobre mulher, mas eu podia ver que não era nenhum bilhete de loteria premiado.

Mamãe estalou um beijo em sua bochecha. "Obrigada, Clarke, foi tão gentil de sua parte."

"Gentileza é comigo mesmo, Sra. Walsh."

Eu queria vomitar. Em seguida, Mamãe viu a estátua. Ela tinha um sexto sentido para essas coisas.

"Lawrence..." ela disse com um certo tom em sua voz. Lawrence era o outro nome do Gordo. A Mãe também tinha um sétimo sentido para saber quem fez esse tipo de coisa. Ela apontou para a estátua e lhe estendeu a mão. O Gordo entregou a ela.

Ela tirou a folha de figueira e olhou. E não é que a cola começou a esticar, e que o velho você-sabe-o-quê começou a inclinar para baixo bem para cima da Mamãe, enquanto ela estava olhando para ele?

Inspirei o *Primatene Mist*. A Rosalita fez o sinal da cruz. Acho que éramos os únicos naquela sala que tinham alguma noção das coisas.

Mamãe estava prestes a dizer algo, então decidiu que simplesmente não valia a pena. E então ela mudou de assunto.

---

7   Dupla cômica norte-americana, fez dezenas de filmes e programas para a TV, entre 1940 e 1965.

"Estou levando a Rosalita ao supermercado. Estaremos de volta em uma hora. Brandon, você fica aqui dentro com o Mikey. Parece que vai chover, e eu não quero ele lá fora com esta asma."

Eu guardei minha bombinha.

"Ele devia estar dentro de uma bolha de plástico", disse Brand. Minha asma o deixava incomodado.

"Estou falando sério, Brandon", disse Mamãe. "Ele dá um passo fora, e você está... você está..." Ela pensou por um segundo, tentando imaginar algo descolado o suficiente para que o Brand fizesse o que ela mandava. "Ou você já era." Ela deu um sorriso realmente casual. É isso aí, Mãe, você é a última bolacha do pacote.

Brand revirou os olhos, e a Mamãe e a Rosalita saíram. Assim que elas atravessaram a porta, o Brand saltou para cima de mim.

"Você quer uma crise de asma?", ele disse. "Vou te arranjar uma." Ele me travou a cabeça com um dos braços e eu não conseguia nem chegar perto de me livrar daquilo, mas meti um bom par de *jabs* por dentro. Ele finalmente me deixou sair quando eu comecei a respirar com dificuldade.

O Bocão estava com esta expressão pensativa no rosto, o que sempre significava um sinal de perigo certeiro. "Ei, o que o seu pai vai fazer com toda aquela quinquilharia no sótão?", perguntou.

Era coisa de museu. Quando o Museu Histórico Astoria se mudou para o Edifício Endicott, há três anos, eles fizeram uma grande exibição com todo o material mais antigo, para angariar fundos, e o Papai foi o encarregado de fazer a mudança, e algumas das coisas que não se encaixaram na mostra foram armazenadas aqui "temporariamente" até a mudança completa, só que acabou sendo um armazenamento temporário que os manda-chuvas do museu meio que se esqueceram de enfiar em outro lugar.

"Ele vai devolver para o museu", eu disse. "Ou a quem eles escolherem para ser o novo assistente do *curolador*."

"Curador", Brand me corrigiu novamente. Às vezes ele era realmente um saco, com ou sem a minha asma. Os olhos do Bocão ficaram tão grandes quanto sua boca. "Isto significa que tudo vai para os ricos, sem outra solução. Vamos subir e ver se tem alguma coisa que podemos levar para os nossos pais!"

"Isso!"

"Legal!"

"Vamos!"

Todos se levantaram e correram para o sótão como se aquela fosse a melhor ideia que já tivessem ouvido. Todos, menos eu. "Ei, pessoal, o meu pai é o responsável por essas coisas todas. Não vão quebrar nada... Brand? Você sabe, eu aposto que o museu tem uma lista daquilo tudo em algum lugar. Caras?"

Mas eles nem quiseram saber de história. Então, eu só coloquei meu saco de bolinhas de gude no bolso e os segui. Na verdade, História é a razão de tudo isto – e estávamos prestes a descobrir um pouco de História... e depois íamos fazer parte dela.

Quando cheguei ao andar de cima eles já haviam colocado a escada para fora e aberto o alçapão. Brand foi o primeiro a subir, com uma lanterna, e os outros foram logo atrás. Como de costume, fui o último.

Quando estávamos todos lá em cima, nós paramos, de repente, e olhamos o lugar com espanto. Eu nunca tinha ido ao sótão antes – Papai nunca deixava – e eu estava tão encantado quanto os outros.

Para começo de conversa, era bem escuro. Havia uma claraboia no teto, mas as nuvens de tempestade que Mamãe tinha visto estavam bastante grossas agora, uma espécie de preto e roxo. Mesmo assim, com a lanterna do Brand pudemos ver o suficiente: era um antigo e enorme quarto empoeirado, lotado com o material mais impressionante que você poderia imaginar. Troços históricos, alguns deviam ter séculos de idade. Pinturas a óleo, esculturas, mobiliário antigo quebrado, vestuário, arpões baleeiros, troços de piratas, coisas indianas. Coisas incríveis.

"Eu não posso acreditar que algo tão legal assim esteja na sua casa", Bocão sussurrou.

"Este é o melhor lixo que eu já vi", disse Gordo.

De repente um raio selvagem rasgou o céu por sobre a claraboia, com o bramido de um trovão em sua sombra, e em seguida uma chuva começou a salpicar o vidro, projetando formas engraçadas sobre todos nós. E eu não me importo em dizer, fiquei nervoso, mas só um pouco.

"Tudo bem. Vocês viram isso", eu disse. "Agora vamos sair logo daqui."

"Qual o problema, com medo de novo?", disse Brand.

"Sim – que nem você no elevador", eu respondi. Eu sabia que aquilo iria deixá-lo nervoso. Ele odiava ser lembrado da vez em que ficou preso entre dois andares em um elevador e ele ficou, tipo, totalmente apavorado. Peguei o telefone do elevador e meio que comandei o show. Quer dizer, eu acho que todos nós temos algo com o qual devemos lidar, mas o Brand vê isso de outra forma. Ele meteu na cabeça que alguém deve ter colocado um alucinógeno no sistema de ventilação e que foi por isso que ele perdeu as estribeiras, e que eu era imune à coisa ou algo assim. Na época, ele me fez prometer que não iria contar a ninguém.

Então, quando mencionei o elevador desta vez, ele me prendeu em outra gravata e sussurrou: "Você cala a boca sobre esse elevador. Você entendeu? Hein?"

Eu balancei a cabeça como pude, com ela sendo esmagada, e ele me empurrou para o chão. Tossi e não consegui parar até que inalei um pouco de *Primatene Mist*. "Podemos ir agora? É muito empoeirado aqui. Acho que a minha rinite alérgica está começando a agir."

No entanto, o Brand simplesmente me ignorou. "Vamos lá, vamos olhar por aí", disse ele. Ele começou a andar entre as peças da coleção. Nós o seguimos, meio que na ponta dos pés, de modo a não desarranjar nada.

E aquilo era uma coisa. Uma perna de pau, metade de um conjunto de dentes de marfim falsos, uma máscara de morsa toda mastigada por ratos, um remo esculpido à mão com o cabo quebrado, algumas luvas de renda rasgadas, um compasso enferrujado sem a agulha, um desenho em uma barbatana de baleia (Brand o chamou de "trabalho entalhado em marfim"), um pedaço de crânio de verdade... era totalmente legal e meio assustador.

De repente ouvi uma voz estridente me chamando na escuridão. "Mikey... oh, Mikey... venha para mim... venha e me beije..."

Brand virou a luz em sua direção. Em um canto estava uma pintura a óleo de tamanho natural, rasgada em alguns lugares, de um capitão pirata e uma mulher nua – e havia uma língua que se projetava de um rasgo na boca da mulher, lambendo seus lábios.

Foi de arrepiar no início, até que percebi que era uma língua que só poderia ter vindo da boca do Bocão – ele estava por trás da pintura.

"Venha aqui, Mikey", disse ele com uma voz fantasmagórica. "Faça eu me sentir mulher."

"Eu vou fazer você se sentir como um saco de pancadas", disse Brand.

"Para de ser tão pervertido, Bocão", eu disse. "Você está destruindo a pintura."

O Bocão saiu de trás do quadro. "Fácil, cara. Ela já foi destruída. Como tudo aqui, é lixeira, tranqueira, lasqueira, porqueira."

Voltamos a explorar.

"O que é tudo isto?", disse o Gordo.

"O museu fez uma espécie de exibição", eu disse, explicando a ele. "Com coisas históricas que encontraram por aqui. E estes foram rejeitados." O Gordo assentiu. "Tipo nós."

Era verdade. Eu me senti muito próximo daquelas coisas descartadas. Nós começamos a vasculhar as pilhas. Eu encontrei um tapa-olho e o coloquei. O Bocão e o Dado descolaram cada um seu chapéu de penas; o Brand pegou um cutelo antigo. Eu senti como se de alguma forma já tivesse visto aquilo antes. Quer dizer, eu sei que eu tinha visto coisas como aquelas em muitos filmes de piratas. Mas não era isso. Era mais como se aquele material tivesse algum tipo de significado especial para mim. Quase como se talvez eu tivesse usado aquelas roupas alguma vez antes, em uma vida anterior ou algo assim. Mas, digo, eu realmente não acredito em reencarnação, mas foi isso o que eu senti. Ou talvez fosse apenas uma sensação de que "o tempo passa". Você sabe, tipo, alguns caras usaram essas coisas, e depois eles as tiraram e elas ficaram largadas por algum tempo e então nós as usamos e elas voltaram a ser largadas, e depois alguém vai encontrá-las. Nós, eles, agora, quando quer que seja. Tudo parte da mesma coisa. Você sabe do que estou falando? Eu não consigo explicar muito bem, o coordenador da oitava série me disse que não me dou bem em habilidades verbais. Mas acho que você já entendeu.

Dado começou a sacar tudo – uma semelhança entre nós e esses caras dos velhos tempos, os que originalmente possuíam essas coisas. Como se houvesse algum tipo de conexão.

"Pensem só nisto", disse Dado, "tudo isso pertencia aos caras que caminhavam no mesmo chão que nós caminhamos. Eles nadaram no mesmo mar, respiraram o mesmo ar."

"Eca – eles tiveram que respirar o ar da fábrica de arenque também?" Esta foi a contribuição do Gordo a toda essa conversa profunda.

"Não, eles não tinham arenque enlatado naquela época", Dado explicou, pacientemente. Sendo de ascendência chinesa, ele tinha muita paciência. Também tinha uma relação muito importante com a História – como eu disse antes, ele era uma espécie de pensador peso-pesado de todas as coisas. "Isso foi logo depois de Cristóvão Colombo", ele continuou dizendo, "no século XVII. Eles só tinham navios. Eles eram caras aventureiros e exploradores. Eles faziam mapas e capturavam índios, e passavam todo o seu tempo matando uns aos outros com espadas, você sabe, coisas de filmes do Errol Flynn."[8]

Isso estava certo, também. Papai me contava sobre alguns deles. Este lugar foi tipo um subúrbio da costa nordeste da América do Sul e das partes adjacentes do mar do Caribe durante certo tempo. E aqui, nesta antiga coleção de sótão, eu quase podia ver, quase podia sentir o cheiro. Você sabe do que eu estou falando?

Fui até um canto próximo da claraboia, onde um bando de velhas fotografias emolduradas e desenhos estavam empilhadas. Comecei a folheá-las. Bem acima de mim, um pedacinho de vidro havia se quebrado e caído da claraboia. Não

---

[8] Ator de filmes de aventura entre os anos 1930 e 1950, Errol Flynn (1909-1959) viveu papéis de heróis clássicos do cinema.

estava chovendo agora, mas o vento ganhou força e começou a soprar no meu rosto. Aquele velho vento de outubro.

E, de repente, algo na maneira como eu estava parado e no céu verde-roxo engraçado e todas essas coisas antigas ao meu redor e aquele vento desorientado dizendo algo-vai--acontecer e o cheiro do sótão mofado... Eu apenas sabia que estava prestes a descobrir algo.

E foi então que eu olhei para baixo e reparei nesse antigo mapa emoldurado.

Eu peguei para olhar mais de perto, mas era impossível ler, todo coberto por esse vidro empoeirado, amarelado. Eu tentei retirar a moldura, mas ela não se mexeu. Virei-o, mas o verso fora coberto por uma folha de madeira. A única maneira que eu poderia conseguir ler esse mapa seria quebrando o vidro.

Mas eu não conseguia fazê-lo. Bem, Papai era o responsável por tudo aquilo, eu não poderia sair por aí destruindo as coisas. Se bem que o tio Art sempre disse que não se pode fazer uma omelete a menos que você quebre alguns ovos. Por outro lado, o tio Art ainda está em liberdade condicional, eu acho, ou talvez ele esteja em um programa de trabalho agora.

Só então percebi o Gordo se esforçando para tentar retirar seu pé de uma lata de tinta em que havia pisado. Pensei em dar uma ajuda, mas eu não poderia se estivesse segurando o mapa. Tive uma ideia. "Ei, Gordo, segura isto para mim", eu disse, e entreguei o mapa a ele.

Ele assentiu com a cabeça e o pegou. Eu ia ficar ali, talvez dez ou quinze segundos, tentando descobrir a melhor maneira de ajudá-lo, até que ele de repente perdeu o equilíbrio e caiu, derrubando o mapa e quebrando o vidro em um zilhão de pedaços.

Como eu disse antes, o Gordo não era um cara de movimentos leves.

"Você não consegue fazer nada direito?", meio que gritei com ele. Ele deu de ombros, meio envergonhado, e eu imediatamente me arrependi por fazer com que ele se sentisse mal, apenas por quebrar ovos para mim – vidro, quero dizer.

Então o ajudei a tirar seu pé da lata de tinta, e depois, com uma sensação estranha, peguei o mapa.

Ele deslizou para fora da moldura, facilmente agora, junto com um dobrão de ouro. Juro por Deus, uma moeda de ouro real.

O mapa estava todo enrugado e rachado, e tinha detalhes perfeitos pintados à mão. Tudo estava escrito em espanhol com pequenas setas em algumas partes e pequenas imagens em outras e, ao pé, o mapa estava assinado por um cara chamado "Willy Caolho". Estava escrito em espanhol, mas é o que o Bocão disse que o mapa dizia.

Encarei aquela assinatura. Cara, eu a encarei. Algo sobre ela, eu não sei, algo me apanhou em cheio.

Olhei para a parte do mapa que era o litoral. Parecia realmente familiar para mim.

Segui-o lentamente com os meus olhos, em torno dessa península que se parecia um tanto com a cabeça de um tubarão-martelo, depois ao longo dessa área bastante reta, que foi ficando cada vez mais e mais cheia de enseadas, até que chegou a esse tipo de penhasco montanhoso recuado, e logo abaixo do penhasco havia esse grande X vermelho.

Eu me senti como que fulminado. Eu sabia que, de alguma maneira, esse grande X vermelho era o grande X vermelho. Você sabe, como o X que marca o local. E tudo isso que eu estive contando, sobre enganar a empregada e enganar a minha mãe e todas as outras brincadeiras – aquilo era tudo coisa de criança.

E esse X marcou o fim de tudo isso.

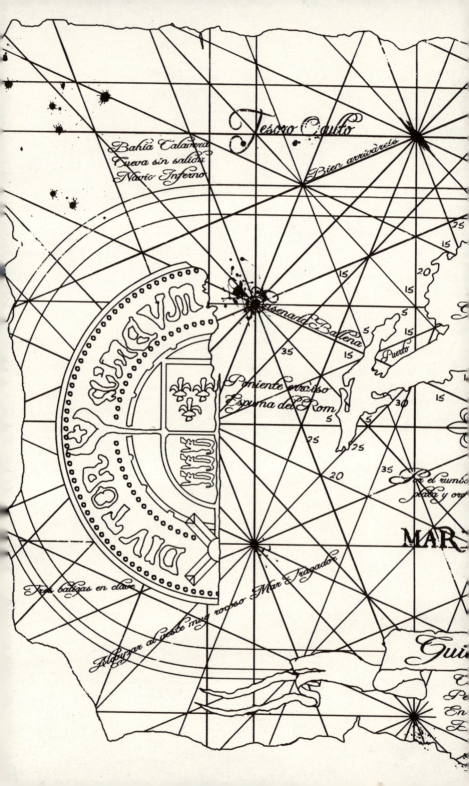

VÓS, INVASORES...
CUIDADO COM WILLY CAOLHO...
SAÍMOS DE FININHO PELOS FUNDOS...
PARAR PARA PROVISÕES...
ALERTA BABACA...
SALVOS POR BRAND...
ATÉ A COSTA...
O FAROL.

CAPÍTULO
II

Todos os outros se reuniram ao redor de mim. Eles ainda estavam usando algumas das coisas dos piratas, chapéus e lenços e coisas assim.

O dobrão era como uma moeda grande e redonda, com uma espécie de brasão de armas gravadas nele, e três buracos irregulares, triangulares, cortados nele, dois perto de uma borda, um perto da outra. Havia também uma cruz estampada perto do terceiro furo, e palavras em espanhol em torno da borda, e alguns entalhes em um dos lados. Segurei-o contra a luz.

Gordo o tirou de minha mão e olhou para ele de perto. "Aqui diz 1532. É um ano, ou o quê?"

"É a sua melhor pontuação em *Donkey Kong*", disse Bocão.

Dado passou o dedo ao longo da costa do mapa, como se ele estivesse pensando em alguma coisa realmente profunda. "Talvez este lugar se parecesse com isto", disse ele. "Você sabe, antes de aparecerem todas as lanchonetes *Wendy's* e os *McDonald's*."

"Todas as coisas boas", Gordo acrescentou. Algum dia ele ia ser daqueles caras que fazem comentários óbvios no noticiário, eu podia apostar.

Brand apontou para as palavras em espanhol na base do mapa. "O que quer dizer tudo isso?"

Bocão traduziu. Ele disse que "O pai... do Gordo... transa com... ovelhas..."

Gordo acertou-lhe um bom soco, bem nos rins. Mas o Bocão apenas deu a sua costumeira gargalhada sórdida. Então voltou a ficar sério e desta vez traduziu assim:

> *Tenham cuidado os intrusos*
> *Com a esmagadora morte e a dor,*
> *Encharcada de sangue,*
> *Do ladrão usurpador.*

Todos olhamos para ele como se ele estivesse zoando de novo, rimando apenas para se ouvir rimar, mas ele levantou a mão no gesto de juramento escoteiro, o que significava que não havia mentira.

Dado reagiu, tipo, "grandes merdas" à coisa toda. "Notícia velha, este mapa", ele disse. "Todo mundo e o seu avô foram atrás desse tesouro quando os nossos pais tinham a nossa idade. Você nunca ouviu falar do tal cara, o pirata? Willy Caolho?"

E o Bocão com certeza não ia acreditar em qualquer coisa em que o Dado não acreditasse. "Soa como a programação básica da TV das manhãs de sábado, lixo para as criancinhas", disse ele, simplesmente muito descolado.

"Ei! Willy Caolho!", eu disse. Eu estava tentando levantar algum entusiasmo. "Ele foi o maior pirata de seu tempo. Meu pai me contou tudo sobre ele uma noite."

"Sim, o Pai diz qualquer coisa para fazer você dormir", disse Brand.

Não dava para conversar com o Brand quando ele começava a implicância. "Ele tinha milhões em tesouro", continuei, "mas o rei enviou navios atrás dele. Então Willy levou seu navio, chamado Inferno, e enfiou-o numa caverna para escondê-lo. Mas os homens do rei o prenderam lá dentro com explosões de canhão." Era claro como uma fotografia para mim.

"Seu pai deveria escrever para o cinema", disse o Bocão.

"Meu pai não mente," eu disse, "e ele me disse que Willy e seu grupo passaram anos escondidos lá em baixo, construindo essas cavernas subterrâneas cheias de todos os tipos de armadilhas para proteger o tesouro."

"Certo."

"Claro."

"Tudo o que você disser, cara."

Então o Gordo olhou para o lugar onde eu havia encontrado o mapa, e ao lado dele viu um jornal emoldurado, amarelo, com a foto de um homem velho e sorridente que parecia uma espécie de Gabby Hayes[1] com um chapéu de mineiro. Gordo leu a manchete em cima da fotografia. "Chester Copperpot Desaparecido em Busca de Lenda Local." E então, abaixo daquilo, em letras menores, ele leu "Descobridor de tesouros afirmara: 'Eu tenho a pista para encontrar Willy Caolho!'"

Dado duvidou. "Ninguém nunca encontrou nada. Por que você acha que o mapa está largado aqui, em vez de em um cofre em algum lugar?"

---

[1] Radialista e ator americano, Gabby Hayes (1885-1965) apareceu em inúmeros filmes de faroeste.

No entanto, eu ignorava suas dúvidas. "Mas... mas e se... e se, caras! E se isso levar ao esconderijo do Willy Caolho?"

Então o Brand entrou em cena, como um peixe frio e racional. Como um cobertor molhado. Como um adulto. "Tirem todo este lixo, vocês. A Mãe vai voltar já, já."

E então a campainha da porta tocou.

Era como o fim do recreio ou algo assim, com os monitores a pleno vapor no corredor. Nós todos arrancamos nossas roupas de pirata e corremos para ver quem estava à porta e mostrar a quem quer que fosse que éramos boas crianças, bem comportadas.

Eram os três caras vestidos em roupas esportivas. Eles estavam parados por trás da porta de tela da frente, como grandes moscas. O mais feio continuava praticando seu giro de golfe. O mais próximo falou.

"Olá, pessoal. Eu sou o Sr. Perkins. Pai do Troy."

Perkins era um dos donos do clube, e jamais existiu nesta galáxia um babaca maior, exceto, talvez, pelo babaca do seu filho, o Troy.

O Brand manteve a calma, no entanto. "Meu pai não está aqui, Sr. Perkins."

"Bem, então, sua mãe está em casa?"

Que canalha.

"Não, senhor", disse o Brand, "ela saiu, foi ao mercado comprar fraldas *Pampers* para nós aqui, a criançada."

Perkins riu como se tivesse ensaiado, então parou, sem saber como prosseguir. "Bem, você pode entregar estes papéis para o seu pai ler... e assinar. Alguém do meu escritório irá buscá-los na parte da manhã."

O Brand pegou os papéis e fechou a porta bem na cara feia do sujeito.

"O que é isso?", perguntei. Mas eu sabia.

"É um negócio do Pai", disse Brand. Agora ele estava mesmo deprimido.

Nós meio que olhamos todos os formulários jurídicos, mas eles eram muito complicados para compreendermos. Olhamos pela janela afora para os três homens-insetos, enquanto se afastavam, e eles pareciam bem simples de serem compreendidos. Escória com dinheiro.

Lembro de ter visto esse filme antigo na TV, *Do Mundo Nada se Leva,*[2] sobre um banqueiro zangado e avarento que está prestes a executar uma hipoteca sobre os heróis de bom coração, mas eles o convencem com amor e generosidade, no final, que é melhor ser amável e divertido do que rico, então ele não executa a hipoteca, mas passa a tocar gaita em vez disso. Só que coisas assim só acontecem mesmo nos filmes.

"Se eu encontrasse qualquer tesouro com aquele mapa," eu disse, "eu pagaria as contas todas do Pai e compraria a hipoteca, e então talvez ele conseguiria dormir à noite, em vez de ficar sentado, tentando encontrar uma maneira de ficarmos aqui."

"Sim."

"Eu também."

"Eu três."

Mas o Brand só me agarrou pelo cabelo. "Você pode esquecer qualquer aventura, pulmões flácidos. Se você sair agora a Mãe vai me colocar de castigo. E eu tenho um encontro com a Andy na sexta-feira."

"Você está sonhando, cara", disse Bocão. "Além disso, quem é que vai levar você ao encontro? Seus pais? Então você vai ter que se encontrar com ela e com a mãe dela."

---

2   Filme de Frank Capra, de 1938.

"Vai se ferrar, Bocão", disse Brand, e voltou para sua área de exercício.

Eu puxei o mapa de dentro da minha camisa, e os caras chegaram perto para conferir.

Outro relâmpago brilhou lá fora. Parecia neon azul. O mapa se iluminou e tornou a se ofuscar. Parecia o meu futuro.

Logo os caras e eu explodimos de empolgação e pintou um plano excepcional.

Esperamos até que o Brand sentasse nos seus aparelhos da sala de jogos, puxando seu extensor de mola sobre o peito. Nós andamos ao redor, atrás dele e, em seguida, assim que ele terminou a décima quinta puxada de sua terceira série e deixou cair os braços, como dois caroços trêmulos ao seu lado, saltamos em ação.

O Bocão segurou os braços do Brand para os lados; eu e o Gordo pegamos o extensor e o envolvemos em torno do peito e dos braços do Brand e das costas da cadeira; e o Dado prendeu as duas extremidades do extensor juntas. Brand estava totalmente acorrentado. Foi muito legal.

"Ei! Espere... me deixem sair!"

Já estávamos lá fora, a salvo do Brand.

Nós escapamos pelo quintal. Vovô estava dormindo na rede, provavelmente sonhando com as *Ziegfeld Follies*,[3] ou algo assim.

"Cuidado para não acordar o vovô!", sussurrei.

"Shhh, sim, não acordá-lo."

"Sim, shhh."

Assim que dobramos a esquina da casa, porém, Bocão empurrou a rede e vovô acordou.

---

[3] Comédia musical de sucesso no início do século XX, que deu origem a programas de rádio e filme.

Não é que o Bocão fosse uma pessoa má, você tem que entender, ele só tinha esse impulso básico para fazer o que não devia fazer. Acho que era genético ou algo assim.

De qualquer forma, demos o fora antes que o vovô nos visse, saímos de fininho pelos fundos, e corremos para o lado da casa. Bocão deixou o ar sair da dez-marchas do Brand, enquanto subimos em nossas bicicletas imundas.

Olhei para garantir que o Bocão não estava rasgando os pneus ou qualquer coisa assim. "Ele trabalhou em 376 bicos de aparar grama para pagar por isso", eu disse. "É a coisa preferida dele no mundo."

"Agora é a coisa mais achatada do mundo."

De repente, ouvimos Brand gritando de dentro da casa. "Mikey, eu vou bater em você com tanta força que, quando você acordar, as suas roupas vão estar fora de moda."

Eu não precisava de mais encorajamento do que isso. Partimos feito bala da calçada e desaparecemos.

Pedalamos para a velha estrada da costa, que parecia ser o melhor lugar para começar, de acordo com o mapa. Para chegar lá, tivemos que passar pela ponta da área de negócios, o que significava duas coisas. Primeiro fomos pelo museu.

Papai estava em cima do telhado, cravando uma telha de fuga. "Oi, pai!", o chamei. Ele acenou de volta e sorriu. Eu meio que queria dizer adeus a ele, no caso de esta caçada me levar a algum lugar de onde eu não pudesse voltar. Estava com essa estranha sensação. Sabe?

O último lugar pelo qual passamos no caminho para fora da cidade foi no *Stop-N-Snack*. Passei zunindo por ali, o mapa aberto sobre o meu guidão, dirigindo-me para a costa e talvez retas radicais. Quando olhei por cima do meu ombro, porém, eu vi três bicicletas estacionadas em frente ao *Stop-N-Snack*, e os caras andando lá dentro.

Eu derrapei no cascalho. Ergui o mapa. "Ei, pessoal – E isto aqui? Hein?"

Eles apenas acenaram para mim e continuaram lá dentro. Acho que velhos hábitos custam a morrer.

Então eu me virei e me juntei a eles. O último a entrar, como de costume. Dado estava comprando um pacote de figurinhas de beisebol, e a Sra. Keester, a velha senhora que gerenciava o lugar, foi inserindo tudo na caixa registradora computadorizada. A coisa estava emperrada, ou algo assim, então ela começou a bater nela com a mão. Dado a fez parar. Ele abriu a pequena porta na parte de trás da coisa e começou a mexer com os fios.

Bocão estava na prateleira de revistas, com um jeito um tanto dissimulado. Enquanto a Sra. Keester ocupava-se do Dado, Bocão escorregou uma revista *Playboy* para dentro de uma revista *Omni*[4] e casualmente começou a sua leitura, principalmente lá pelo meio da revista.

Gordo foi para a seção de guloseimas e, assim como o Bocão, parecia bastante cauteloso. De repente, ele rasgou um bolinho *Twinkie*, sorveu o enchimento de creme, então reembalou o bolo e o colocou de volta na prateleira. Era realmente nojento.

Fui até ele e acenei com o mapa em seu rosto. "Ei, Gordo, vamos lá – nós íamos procurar por tesouros, temos que fazer isto agora."

"Ei, não fique nervoso. Tínhamos que parar para provisões, não é? Estamos saindo em uma expedição, não estamos?"

---

[4] Revista de ciências e ficção científica publicada nos Estados Unidos e no Reino Unido, entre 1978 e 1998.

Ele tinha um bom argumento, ainda que eu estivesse ansioso demais para comer. Fui até o Dado enquanto o Gordo passou a trabalhar em um outro bolinho, dessa vez um *Ding-Dong*.

O Dado ainda estava brincando com a caixa registradora, e aquilo me deixou um pouco para baixo.

"Dado, e se eles nos fizerem mudar daqui?", eu disse. "Para onde vamos?" Eu estava começando a ficar deprimido de novo, a ter dúvidas sobre a nossa aventura. Quer dizer, se nós podíamos nos desviar por causa de um computador de dois *bytes*, uma revista de sacanagem e algumas guloseimas, não íamos chegar muito longe em qualquer caça ao tesouro. "Dado?", eu disse novamente.

"Não o incomode enquanto ele está trabalhando", disse a Sra. Keester.

Fui até o Bocão, para tentar pressioná-lo de novo. "Bocão, e se eles começarem a destruir as nossas casas?"

O pôster central era a única coisa a causar qualquer impressão nele, no entanto. "Pega leve, cara – deixa os seus pais lidarem com isso. Este é o trabalho deles. Nosso trabalho é conseguir passar o fim de semana sem destruir células cerebrais demais."

Inspirei a *Primatene Mist*, estava me sentindo bem arrasado. Peguei na estante uma revista *Mad*, virei-a para trás e verifiquei a página dobrável. Adivinhei o que era, como de costume.

Aconteceu de eu olhar para baixo naquele momento e percebi que todo o espaço no fundo do estande era uma seção de mapas turísticos antigos e empoeirados de Astoria. Puxei um para fora, me sentei no chão e o abri. Também peguei o mapa pirata e o abri, colocando os dois lado a lado.

E eles eram a mesma coisa.

Quer dizer, basicamente a mesma coisa. Os litorais eram idênticos, e um monte de penhascos eram exatamente iguais, mesmo que alguns fossem diferentes, provavelmente por causa de terremotos e maremotos e outras coisas que aconteceram ao longo dos anos. Mas a coisa realmente importante é que o X no mapa pirata estava em um lugar que parecia exatamente o mesmo no mapa turístico, e era um lugar que eu conhecia, sabia exatamente onde ficava.

"Eu sei onde é", sussurrei.

Aquilo era incrível demais para acreditar. Estávamos na corrida novamente. Eu estava muito amarradão. Pulei e corri até o Gordo, para dar a boa notícia. Mas ele estava inclinado bem para dentro do freezer de sorvete, abrindo os potes de sorvete *Swensen,* dando uma lambida e depois recolocando as tampas. Era o seu passatempo favorito e, provavelmente, ele não aceitaria ser interrompido.

Aí eu corri para o Dado, que ainda estava perdendo tempo com os fios da caixa registradora. "Dado", eu disse. Só então a máquina apitou e acendeu, e a Sra. Keester beliscou a bochecha do Dado abrindo um grande sorriso, do jeito que ela sempre faz.

De repente, a voz do Bocão se propagou por toda a loja. "Alerta Babaca!"

Eu olhei para a entrada, e o Bocão não estava brincando. Troy Perkins estava entrando.

Como eu disse antes, Troy ganha o prêmio de Babaca do Ano sem competição. E não acho que é porque ele é rico, porque eu conheço um monte de caras de Hillside que jogam tão limpo quanto qualquer pessoa. Mas como também disse antes, Troy tem uma grande desvantagem, para começar, só porque seu pai é o Sr. Perkins, que poderia se beneficiar de algumas lições sobre comportamento terráqueo.

Então, naquele jeito dele, o Troy desfilou pelo *Stop-N--Snack* como se fosse o dono do lugar e, provavelmente, ele era. Ele estava vestindo sua roupa bacana de jogar tênis, e seu cabelo estava arrumado, e assim também suas unhas, coisas que ele chamava de cuidados. Imaginou a situação?

Mas a coisa é que ele estava entrando com a Andy Carmichael e a Stef Steinbrenner. Andy é a garota com quem Brand queria sair na noite de sexta, e ela era, tipo, tão atraente que era intenso. Ela agora estava vestida com suas roupas de animadora de torcida, mas também usava o suéter de Troy com o nome dele costurado no bolso. Dum-da-dum-dum.

Stef era a melhor amiga da Andy. Ela não chegava nem perto da beleza da Andy, mas ela era forte o suficiente. Ela morava nas Docas Goon, como nós. Andy era de Hillside. Stef usava óculos. Andy usava lentes de contato. Stef uma vez deu um soco no Lenny Dole. Isso foi antes do ensino médio, mas a reputação ficou com ela. Ela também tinha uma reputação quanto a sexo, como se sempre pintasse um cara dizendo que ele tinha um amigo que fez aquilo com a velha Stef Steinbrenner. Mas não dava para acreditar nesse tipo de merda. Ainda assim, ela tinha uma certa maneira de andar, e seus irmãos estavam sempre com problemas, e ela às vezes saía com Macy e esses caras de moto, e ela fumava e tinha uma identidade falsa. Ou seja, Stef e Andy eram uma espécie de opostos, mas elas sussurravam uma para a outra o tempo todo e foram ao banheiro juntas, por isso acho que elas tinham muito em comum também.

De qualquer forma, Troy foi direto para o porta-revistas, agarrou a *Playboy* da mão do Bocão, e começou a folheá-la. Bocão encarou Troy como se talvez pudesse matá-lo com os olhos, mas o Troy não caiu, ele simplesmente continuou a olhar para as fotos. Então, finalmente, Bocão recuou, sem tagarelar nada nem uma vez, como se não pudesse desperdiçar o fôlego com um babaca. Então, em vez disso, ele apenas pegou outra revista.

Stef veio atrás do Bocão. "Você ainda cheira como filho de um encanador", disse ela.

"Você ainda cheira como a filha de um pescador", disse ele de volta.

Que era o que ambos eram. Eu acho que eles meio que gostavam um do outro, no entanto.

Andy andou até eles. Troy a cutucou, com um sorriso realmente boçal, ergueu o pôster central da *Playboy* e disse: "Você consegue competir com ela?"

Andy olhou para o outro lado, meio envergonhada, como, é claro, ela deveria ficar e, então, para piorar a situação, Troy riu, uma risada que dava para você saber que não era de verdade, que era só para se reafirmar, mas a reafirmação só existia na cabeça dele.

Eu não sei, aquilo realmente fez com que eu me sentisse muito mal.

"Você é muito mais bonita do que aquilo, Andy", eu disse. Ela era, mesmo. Ela não tem aqueles peitos enormes do tipo Annie Fannie[5], mas e daí? Você sabe o que eu quero dizer?

Enfim, ela sorriu para mim. Me deu uma agitação de verdade na boca do estômago, como quando eu senti ao recitar *A Balada do Velho Marinheiro*[6] no palco na apresentação da primavera. Como se eu não tivesse certeza de ter dito a coisa certa, mas não tinha mais como retirar o que disse.

---

5   Tira em quadrinhos de Harvey Kurtzman e Will Elder, publicada na *Playboy* entre 1962 e 1988.
6   Clássico poema do escritor inglês Samuel Taylor Coleridge (1772-1834).

Não sei, eu não tinha muita sorte com as garotas. Bem, sei o que deveria saber, mas não por onde começar. Ainda mais com alguém tão bonita como a Andy. Tipo, meu aparelho por si só é tão feio, parece que a maioria das meninas deve ficar constrangida só de olhar para mim. Sem mencionar que provavelmente não seria justo passar meus genes doentes e fracotes para uma criança, daí eu não vou me casar, então para que me incomodar com namoro e essas coisas para começo de conversa, certo?

Troy foi até o freezer onde o Gordo ainda estava com a cabeça enfiada, lambendo sorvete – e ele bateu a porta nas costas do Gordo e o prendeu lá.

Realmente tosco.

"Minha mãe está fazendo uma noite de Pizza Goon", Troy soltou. "Ela vai precisar de massa congelada."

"Por que você não o deixa em paz?", gritei. O pobre garoto estava sacudindo as pernas desajeitadamente, feito um peixe. Quer dizer, ele obviamente estava pirando.

Troy o deixou em paz, então. Mas aí ele se aproximou de mim. "Será que eu ouvi direito?", ele disse. "Eu ouvi um Goony me dizendo o que fazer?"

Pensei que ele fosse me bater. Senti um aperto no peito. Eu estava prestes a me agachar, mas de repente ele agarrou o meu mapa do chão. O antigo.

"Ei, vamos embora", gritei. "Isto com que você está mexendo é arte." Quer dizer, se ele destruísse, o Papai ia me matar – e eu com certeza não ia dizer a ele o que significava aquilo tudo de fato.

Assim, ele não sabia o quão importante realmente era, mas pôde ver que era importante para mim. Ele ergueu o mapa acima da minha cabeça – ele era muito mais alto do que eu – pegou um maço de tabaco do balcão, derramou sobre o papel, e começou a enrolá-lo como um cigarro. "Não se arranja mais papel de enrolar cigarro como este aqui", disse ele.

Eu tentei alcançá-lo, mas ele me derrubou. Cara grande e durão. Então ele pegou um isqueiro do bolso e acendeu a borda do mapa enrolado. Eu não conseguia acreditar. Ele deu uma tragada. A extremidade do mapa começou a queimar!

Eu mal podia ver, e tive que colocar minhas mãos sobre meus olhos. O babaca estava realmente soprando anéis de fumaça. Só então o Bocão se aproximou e ergueu as sobrancelhas. "Você sabe", disse ele, muito jocoso, "do jeito que você traga o cigarro, me lembra de uma coisa."

"Sim? E o que é? ", disse Troy.

"O tempo que eu beijava a sua mãe de língua", disse Bocão.

O Troy pirou. Dava até para pensar que o Bocão realmente tinha alguma coisa esquisita com a mãe dele, pelo jeito como ele ficou. Fosse o que fosse, porém, ele deixou cair o mapa e foi para cima do Bocão. Apaguei o fogo e peguei o mapa. Infelizmente, para o Bocão, desta vez os seus pés não foram tão rápidos quanto sua língua. Troy o havia suspendido e começara a socá-lo. Bocão cobriu o rosto, mas o Troy era muito maior. Eu pulei para as costas do Troy e o prendi em uma gravata. Mas eu era muito menor.

Dado correu e gritou "Cortina de Fumaça" e estendeu seu braço. Uma mangueira de jardim saiu de sua manga, mas em vez de atirar fumaça em nós, ela apenas fumegou e o queimou, então ele correu para a máquina de gelo e enterrou o braço nos cubos.

Troy se livrou de mim com a mão esquerda e levantou a direita para destruir a minha cara. No entanto, na metade do caminho em direção ao meu nariz seu punho parou, detido em pleno ar por outra pessoa. Brand.

"Ninguém bate no meu irmão, exceto eu", disse ele.

Troy me largou e se levantou. Ele estava com medo do Brand, não havia dúvida sobre isso. Ele ficou com esse tipo de sorriso doente dos valentões quando eles não estão agredindo em grupo. Eu adoraria tê-lo visto suar até formar uma enorme poça.

"Mal posso esperar até segunda-feira", disse ele. Eu podia ouvir em sua voz que ele estava tão assustado que falava através do nariz. "Segunda-feira é quando o meu pai começa a chutar todos vocês para a rua." Ele deu um passo para trás e fez um movimento de golfe, como se ele fosse um profissional ou algo assim. "Enquanto vocês Goonies vão empilhando todas as suas coisas em caminhões de mudança, eu vou dar a minha primeira tacada no que costumava ser seus gramados da frente." Então ele riu e parecia que estava limpando ranho, e ele disse a Andy: "Nosso horário na quadra começa em cinco minutos. Eu vou esperar lá fora". Então ele saiu, todo casual, se sentou em seu *Mustang* conversível vermelho, e ligou o rádio tão alto que pudemos ouvir lá de dentro da loja.

Brand olhou para a Andy com um misto de mágoa, raiva e ciúmes, e ela o fitou com um olhar que eu gostaria que ela me dirigisse, e então Brand meio que se derreteu. Daí a Andy encolheu os ombros como se aquele não fosse um bom momento, e Brand relaxou a postura, como se tentasse parecer indiferente, e logo ela se virou e saiu.

Eu desenrolei o mapa rapidamente. Estava tudo bem, apenas as bordas foram queimadas.

Mas o Brand estava realmente esquentado. Ele pegou o mapa e bateu na minha cabeça.

"Você sabe como eu fui solto?", disse. "A Mãe chegou em casa e me desamarrou. Ela estava totalmente puta, cara, e eu também. E a Rosalita estava lá com o irmão dela, e ela pensou que aquilo era algum tipo de artefato de tortura sexual, graças ao Bocão. E então a Mãe me disse que se eu não o encontrasse e o levasse de volta em trinta minutos, nós dois estaríamos de castigo. E então você sabe o que aconteceu? Alguém esvaziou os meus pneus, então eu tive que roubar a bicicletinha da irmã do Dado para chegar até aqui, porque eu sabia que vocês, palhaços, não iriam mais longe do que isto na sua grande aventura." Então ele beliscou o meu braço e me empurrou para frente. "Você acabou de ferrar toda a sua vida, amigo." Ele enfiou o mapa no bolso de trás e olhou para os outros. "O resto de vocês também, vocês são passado. Nós não precisamos de amigos como vocês."

O Bocão colocou o braço em torno do ombro do Brand e começou a cantar, realmente sincero. "Um brinde aos bons amigos, esta noite é especial, a cerveja que derramarmos, deve ter algo mais, magistral..."

E o tempo todo enquanto cantava, ele ia puxando o mapa do bolso do Brand.

Brand o empurrou. "Você não tem que beber para fazer amigos, seu banana."

Foi quando Bocão nos mostrou o mapa, de costas para Brand. Saímos todos em disparada.

Nós já estávamos em nossas bicicletas antes mesmo que Brand percebesse o que havia acontecido e já tínhamos saído do estacionamento antes que ele chegasse à bicicleta da vizinha, cerca de três tamanhos menor do que a dele: não havia maneira de ele nos pegar.

Em instantes nós estávamos longe.

• • •

Bocão entregou o mapa para mim na esquina seguinte, mas eu não tinha nem mesmo como olhar para ele ainda. Eu nos guiei à direita para a estrada litoral e viramos para o norte. Nós estávamos a caminho.

O toca-fitas do Dado tocava Springsteen no máximo e, de alguma forma, com o vento de céu nublado e as árvores de abeto escuras por toda a costa, o tempo estava simplesmente perfeito para uma descoberta. Algo estava definitivamente acontecendo.

Uma das nuvens no horizonte explodiu em uma forma diferente que, para mim, se parecia com um navio pirata. Eu vejo imagens nas nuvens o tempo todo. A Mamãe diz que é porque eu sou um sonhador, mas elas parecem tão reais que eu não sei como as outras pessoas não veem o que eu vejo. É como um quebra-cabeças, eu acho.

Para mim, o fato de que essa nuvem era um navio pirata parecia um sinal, não havia duas maneiras de se entender aquilo. Ali eu sabia que meus instintos estavam certos e, se continuasse seguindo meu faro, ia acabar chegando a algum lugar.

Verifiquei o mapa depois de pedalarmos cerca de vinte minutos e fizemos o primeiro desvio além da antiga escola, levando-nos até Piemonte Ridge. Na distância podíamos ver os limites do Country Club Hillside. O Bocão cuspiu.

Descemos a serra e passamos pela estrada da costa, onde nós avistamos o mar novamente, e a primeira coisa que vi foram essas três pedras que surgem acima, fora da água, em um v. E eu as conhecia de algum lugar.

Eu parei de pedalar, e os caras pararam comigo. "Eu conheço este lugar", eu sussurrei. "É isto."

Era o começo do lugar no mapa velho que não aparece no mapa turístico. Ele foi marcado por aquelas três pedras, e por esta coluna alta, natural, de pedra, que ficava de pé a partir da base do morro em cujo topo estávamos.

Era uma colina íngreme com muitas saliências, placas irregulares apontando para todos os lados e dificilmente haveria ali um caminho para bicicletas descerem por ela, nada que teríamos percorrido se não estivesse no mapa secreto. Mas percorríamos agora.

Nós caminhamos ao lado das bicicletas, tão íngreme era a colina. Na base, ela se transformou em uma espécie de caminho de cascalho que desviou em um sentido engraçado logo depois da coluna de pedra alta. Subimos em nossas bicicletas e pedalamos devagar.

A estrada do litoral estava atrás de nós agora, e depois eu não sabia mais onde estava. Passamos por esse lugar com árvores cobertas de musgo, e aí lá estava essa velha ponte frágil de madeira sobre um riacho. Passamos por cima dela com nossas bicicletas, e em seguida nós estávamos fora do bosque e em uma praia rochosa.

Nós continuamos. As árvores entravam na praia até certo ponto, e nós passamos entre elas, por uma depressão e até uma colina onde a quantidade de árvores diminuiu novamente e nos deixou com uma visão clara do oceano logo abaixo de nós. E eis o que vimos.

Havia uma pequena península com ondas quebrando tudo em torno dela. No lado mais próximo havia um pequeno cemitério com um bando de velhas lápides tortas caindo aos pedaços. Além disso, na ponta da terra, havia um farol alto de pedra, quebrado na parte superior e inclinado, que quase parecia ser um túmulo gigante também.

E entre eles havia um prédio quadrado de um andar. Realmente degradado. Ele era feito de madeira, pintado de branco há cerca de cem anos, assim parecia. Era um tanto arqueado, também, como as lápides, como se talvez uma de suas extremidades tivesse começado a ser engolida pelo chão. Suas janelas estavam avariadas e sujas, e havia um sinal de neon quebrado, vermelho-e-verde, mal preso em cima dele, como se um vento forte o tivesse plantado ali por acidente. Ele dizia Restaurante Salão do Farol.

Havia um sinal de aberto-fechado pendurado na porta da frente, mas ele ficava girando com o vento forte, então, por vezes, mostrava um lado e, por vezes, o outro.

O lugar parecia muito assustador, tenho que dizer. Nenhum de nós disse uma palavra.

E então, juro por Deus, eu vi uma sombra passar por uma das janelas lá dentro.

Olhei para os outros caras, mas ninguém estava falando. Olhei para o mar. Estas três pedras pelas quais tínhamos passado antes estavam lá, quietas, distantes, bem por trás do farol, e isto me fez pensar em algo, mas eu não sabia o quê. Mas logo eu saberia.

Peguei o dobrão. Ele tinha estes três buracos cortados nele, então eu o ergui até meu olho – os buracos alinhavam-se exatamente com as três pedras e o farol. Eles tinham até o mesmo formato. Não só isso, mas havia um X gravado na moeda que parecia ajustar-se perfeitamente sobre o Salão do Farol. Passei a moeda ao redor, e todos deram uma olhada.

Olhei novamente para o mapa. Ele parecia terminar exatamente onde estávamos, mas era difícil dizer, porque havia esse vinco percorrendo uma parte que tinha ficado dobrada sobre si mesma por um longo tempo, antes de o mapa ter sido enquadrado.

Eu tentei endireitá-lo, mas não endireitava, e foi aí que me lembrei de como o médico teve de virar o meu braço para o outro lado quando ele foi quebrado, a fim de endireitá-lo.

Então, eu dobrei o mapa para trás para desfazer o vinco, e foi quando realmente vi o que era o quê.

Entendi que ele funcionava como uma página dobrável do verso da revista *Mad*.

E quando eu o dobrei completamente em si, ele formou uma réplica exata do dobrão, com os furos marcados em todos os mesmos lugares, e um X ao lado do terceiro buraco.

Assim que coloquei o dobrão sobre as três pedras sinalizadas no mapa, o X no lado da moeda ficava exatamente sobre o farol.

Eu mostrei para os caras. "Nós estamos aqui", disse eu, apontando para o pequeno prédio quadrado de madeira que estava afundando na areia. "Este é o lugar onde o tesouro está enterrado."

Indiquei o X no mapa, e depois, mais uma vez, apontei em direção ao farol. "Bem lá embaixo."

O RESTAURANTE
SALÃO DO FAROL...
TIROS...
A VELHA SENHORA...
O PEIXE SURPRESA DE JAKE...
A COISA NO PORÃO...
BRAND NOS ALCANÇA...
A MALA COM UM SACO...
STEF E ANDY...
DESCIDA À ESCURIDÃO.

CAPÍTULO
III

O Bocão leu o que estava escrito ao lado da cruz no mapa.

Seis vezes cinco
Esticando os pés no embalo,
Ao ponto mais baixo
Para ganhar o seu regalo.

Fizemos uma pausa, calculando.
"Seis vezes cinco. Isso é trinta", eu disse.
"Brilhante", disse Bocão.
"Esticando os pés", disse Dado. "Todos nós esticamos os pés quando andamos..."
"Então é isso", eu disse. "Se dermos trinta passos em direção ao ponto mais baixo, nós vamos chegar ao tesouro."
O Gordo estremeceu. "Eu não sei... está ficando tarde. Minha mãe vai ficar preocupada." Eu sabia o que ele queria dizer. Era deprimente e sombrio. "Além disso", ele disse,

"o que é que este lugar está fazendo aberto no outono? É só um lugar de verão – eu vim aqui nesse restaurante uma vez quando era criança. Mas acho que eu acabei de ver alguém andando por lá. Parece bem assustador."

De repente, um carro parou na entrada do prédio, e dois caras saíram vestindo ternos escuros. Eles caminharam até a porta da frente e entraram.

"Veja", disse Dado, "não há nada a temer. Tem dois outros clientes entrando."

"Talvez eles não sejam clientes", Gordo sussurrou. "Talvez eles sejam traficantes de drogas ou algo assim."

Dado não aceitou a hipótese. "Traficantes de drogas? Você viu as roupas deles? Poliéster da loja *J.C. Penney*.[1] Traficantes de drogas não seriam vistos nem mortos naqueles trapos."

Eu tive que concordar, embora deva dizer que eu não sei exatamente o que traficantes de drogas vestem. Provavelmente estávamos todos seguindo a mesma linha de pensamento, porque o Bocão parecia um tanto confuso.

"Então o que te fez pensar que ninguém nunca seguiu este mapa antes e fugiu com seja lá o que for que estivesse enterrado lá?", ele disse.

"Poderiam ter feito isso", eu disse. "Mas eu nunca ouvi falar de alguém ter encontrado mais coisas do que as que já estão no museu. E de qualquer forma, para os adultos, isto aqui já é valioso o suficiente, você sabe, eles desenterram um mapa antigo, tacam uma moldura de madeira em torno dele, penduram em um museu e chamam de arte."

"Ok, mas como nós vamos cavar para procurar qualquer coisa?", Bocão quis saber.

---

[1] Loja de roupas para a classe média norte-americana.

"Bater na porta? Perguntar a quem está lá? Dá licença, se importaria se nós arrebentássemos o seu chão? Empresta uma xícara de joias, sem paranoia, havia no navio dos piratas uma claraboia?"

Eles estavam começando a se acovardar, e eu era medroso demais para fazer aquilo sozinho, logo eu tinha que convencê-los. "Olha, o lugar obviamente está aberto para a freguesia. Podemos fingir que estamos chegando para comer alguma coisa e depois geral damos uma no lugar." Ou talvez eu quisesse dizer investigar o caso.

"Você quer dizer depois damos uma geral no lugar", disse Dado.

"Sim. Era isso o que eu queria dizer. Eu só estava citando o filme errado."

Descemos o morro e nossas bicicletas ficaram estacionadas na base, na lateral perto do cemitério. As nuvens estavam quase negras e se dilaceravam como um oceano tempestuoso acima de nós. Cara, aquilo era algo de outro nível.

Nós pisamos vagarosamente entre as lápides. Elas estavam inclinadas as mais diferentes maneiras, então não dava para dizer se estávamos exatamente andando sobre o túmulo de alguém ou não, por isso tentamos ser delicados a respeito de onde colocávamos nossos pés. Um cemitério não é um lugar onde você queira ofender alguém.

Me fez pensar naquele episódio do *Além da Imaginação* em que, em um desafio, um pistoleiro tem que enfiar uma faca no túmulo do homem que ele havia matado. Assim, ele enfia a faca na sepultura, mas acidentalmente ele a enfia em seu casaco também, então, quando se levanta, ele acha que o cara o está cutucando da cova, e acaba morrendo por causa do susto.

Verifiquei para ter certeza de que meu casaco não estava arrastando no chão. De repente ouvimos um grande estrondo, como um foguete, vindo da casa. Paramos. Em seguida, mais dois: Bam! Bam!

Parecia um pouco assustador, mas também, aqui estávamos nós, neste cemitério, perto do Halloween, e estávamos nos assustando com qualquer barulhinho.

"Pareciam tiros", sussurrou Gordo. "Não dos grandes, como se ouvem em filmes de guerra, mas os reais."

"Tiros. Eita, Gordo, desliga o cérebro", eu disse.

"Isto não vai ser difícil", disse Bocão.

"Alguém, provavelmente, só deixou cair um pote na cozinha", acrescentei, apenas para dar um exemplo. Quer dizer, eu realmente pensei que provavelmente era algo assim. Então eu recomecei a caminhar em direção ao farol.

Quando chegamos lá, estava tudo muito calmo. O Bocão olhou pelas janelas da frente da porta, mas elas estavam muito sujas para se ver qualquer coisa, disse ele. O Dado e eu fomos para a lateral do edifício, mas as janelas eram altas demais. O Gordo foi até a garagem enquanto eu empilhava um par de caixotes de laranja para o Dado e para eu ficarmos em cima dele. Subimos nos caixotes, colocamos os nossos narizes contra o vidro e espiamos lá dentro.

Era um restaurante com um bar, mas parecia fechado, e com certeza era muito xexelento. Era o tipo de lugar de frutos do mar, com redes de pesca desfiadas penduradas no teto, mas todo coberto de poeira e teias de aranha. Havia peixes empalhados nas paredes também, mas pareciam ser de plástico, e remos cruzados com cavilhas enferrujadas, e todo o local parecia ter sido deixado atrás da geladeira de alguém por cerca de dez anos.

Bem lá no fundo eu vi duas pessoas. Sombras de pessoas, na verdade. Provavelmente, os caras que tínhamos visto entrar. Eles estavam arrastando pelo chão dois sacos compridos, flácidos. Eu pensei que fosse farinha ou talvez dois peixes-espada grandes, então achei que esses caras estavam fazendo uma entrega de comida, ou talvez que eles fossem ajudantes de cozinha trabalhando fora da alta temporada, daí achei que talvez eles pudessem nos dizer qual era a situação.

Então eu pulei dos caixotes de laranja e entrei. O Bocão e o Dado foram logo atrás de mim.

Estava, como eu disse, tudo muito calmo. O teto tinha faróis altos que meio que engoliam toda a luz das poucas lâmpadas presas nas paredes. Alguns dos móveis estavam quebrados, uma parte do reboco estava rachado. Parecia deserto, mas ao mesmo tempo eu me sentia vigiado.

O Gordo entrou correndo de repente, agitando os braços e pulando feito um doido. Tinha essa *jukebox* velha, perto do bar e, de uma maneira estranha, parecia que o Gordo estava dançando uma música silenciosa que ele podia ouvir e nós não conseguíamos.

O que me acontece, às vezes: eu ouço alguma melodia, acho que na minha cabeça, porque quando eu digo "Você ouviu isso?", o Brand, por exemplo, ou alguém como ele olha para mim como se eu estivesse pirando. Mas a melodia está lá, juro por Deus, da mesma forma que as imagens estão realmente lá nas nuvens, assim como há padrões nos quebra-cabeças que algumas pessoas podem ver e outras não. Bem, talvez, isso faça de mim um sonhador. Mas quem não tem sonhos?

Então, o Gordo começou a arfar "Pessoal! Pessoal! Temos que sair daqui! Há um carro na garagem com –"

Mas antes que ele pudesse terminar, uma porta batendo o interrompeu. Eu dei um pulo alto o suficiente para me machucar caindo. Todos nós nos voltamos em direção ao som que viera da porta e vimos uma mulher parada lá, e eu pulei novamente.

Ela era meio velha, mas parecia que poderia comer nós quatro vivos e que estava pensando no assunto. Ela usava um vestido preto feio, sapatos pretos, uma boina preta, e tinha uma carranca sombria. Havia uma tatuagem em seu braço esquerdo. Caramba, ela parecia malvada.

"Quanto tempo vocês ficaram espiando por aqui, meninos?", ela rosnou.

"Tempo suficiente para ver que este lugar precisa de cerca de quatrocentas armadilhas contra baratas", disse Bocão. Só o Bocão poderia ter pensado em uma piada tão rápida para aquela senhora. Meio que aliviou a tensão para mim, e eu quase ri, sobretudo porque você podia ver que ela realmente concentrara sua atenção no Bocão agora, então o foco saíra do resto de nós.

Ela puxou uma cadeira de uma das mesas imundas e fez sinal para que nos sentássemos, o que fizemos. Ela gritou: "Jake! Temos fregueses!"

Ouvimos um baque na sala de trás, e então alguém respondendo "Que é que você quer dizer com fregueses? Isto aqui não é –" Quando ele estava dizendo esta última parte, ele enfiou a cabeça para fora, nos viu e disse: "Merda, Mama", de um jeito realmente brando.

A velha senhora estalou os dedos para ele: "Agora vá. Meta-se na cozinha. Aqueça o forno".

Jake atravessou a sala até a porta da cozinha, encarando-nos no olho o caminho todo. Ele era um cara mais velho, talvez uns trinta anos, com óculos redondos de hastes finas e um colete legal e um temperamento que dava para se enxergar sob aquilo tudo.

"Tudo bem", disse Mama, "temos um menu especializado aqui." Ela só podia estar brincando. A mesa em que estávamos era bamba e imunda o suficiente para fazer a Mamãe vomitar se visse aquilo. Tentei pegar um garfo enferrujado, mas metade dele estava presa por uma bolota de goma de mascar. Realmente nojento. Os outros caras pareciam muito desconfiados, mas o Gordo parecia um feijão pulando, de tanto que se contorcia por toda a parte.

Mama continuou falando. "Servimos uma coisa. Peixe Fresco Surpresa."

"Que tipo de peixe?", disse Gordo. Comida podia distrair a mente dele de qualquer situação.

"Eu disse que é surpresa", gritou Mama, batendo com a mão na mesa.

"Tudo bem. *Okay*. Vou aceitar", respondeu Gordo. Ele parecia muito assustado.

Naquela hora eu soube que ela só estava tentando nos assustar, e aí percebi que ela não era tão assustadora, na verdade. Apenas uma velha meio esquisita.

E eu também pensei que se esta senhora feia e velha queria nos espantar para longe, talvez houvesse ouro enterrado aqui. Então, eu estava mais determinado do que nunca a ficar.

"E o resto de vocês?", perguntou Mama.

"Só um copo de água para mim", eu disse. Os outros caras todos pediram o mesmo. Ninguém sabia o que fazer com essa bagunça.

"Tudo bem, uma surpresa e quatro águas. É isso?", ela grunhiu.

"Eu gostaria-e de uma salada-e antepasto-e, e o fettucini--e Alfredo-e, o-a scallopini-e, vitela-e e uma garrafa de Boticelli-e de 1981." Este era o Bocão fazendo sua imitação de italiano, o que significa que este era o Bocão falando da boca para fora porque ele simplesmente não conseguia se calar.

Ele riu nervosamente com sua língua para fora, e a velha a agarrou – agarrou aquela língua danada! – e puxou um canivete para fora do vestido e pôs a lâmina sobre a língua do

Bocão e disse: "Nós temos mais uma coisa no menu – língua. Vocês gostam de língua, garotos?"

Nós balançamos nossas cabeças rápido. Foi quando eu me dei conta de que esta senhora não estava apenas tentando nos assustar, ela era meio maluca.

Ela soltou a língua do Bocão com um sorriso, dando a entender que ela estivesse apenas brincando o tempo todo, e foi para a cozinha.

O Bocão levou a mão à sua boca. Levantei para procurar um alçapão ou algum outro lugar onde um tesouro pudesse estar escondido. Assim que a porta da cozinha foi fechada, o Gordo começou a falar, mas foi interrompido por uma discussão na sala ao lado.

"Mas, Mama", veio a voz de Jake, "esse era para ser o nosso jantar –"

"Cala a boca", gritou a velha. "Cale-se e faça o que eu lhe disse." O Dado sussurrou para mim: "E aqueles dois caras que entraram antes de nós? O que aconteceu com eles?"

O Gordo finalmente veio para cima de nós e disse o que estava tentando nos dizer desde que a Mama nos cercou. "Gente, olha, se nós não sairmos daqui agora, vai haver alguma espécie de situação com reféns", ele sussurrou. "Lá fora na garagem tem esse carro – o mesmo que eu vi esta manhã, com buracos de bala do tamanho de *Big Macs*."

Porém, o Bocão o interrompeu. "*Big Mac*, blá blá blá. Gordo, eu estou começando a ter uma overdose de todas essas suas histórias de merda." Eu acho que o Bocão ficou meio mal-humorado depois do negócio com a língua dele.

Em seguida outra coisa bizarra aconteceu. Houve esta agitação, barulhos de batidas, zumbido, um ruído ecoando pelo lugar como uma máquina de lavar tendo um ataque nervoso. Então este cara começou a praguejar, e houve barulho de pisões em escadas, e outra porta se abriu, e este cara surgiu feito um doido, todo salpicado de tinta verde-escuro, gritando e pisando duro pela sala em direção à cozinha, erguendo sua mão, que tinha o rosto de um presidente tatuado na palma, mas eu não tenho certeza de qual era aquele presidente.

"Como diabos eu vou terminar lá embaixo usando aquela peça de museu de merda com que eu tenho que trabalhar?", ele gritou.

Então ele nos viu. Isto o deteve. Ele só olhou para nós por um segundo, em seguida, fez um punho com a mão, e uma carranca com o rosto, virou-se e correu de volta até a porta e a bateu atrás dele.

Antes que pudéssemos falar, a Mama saiu da cozinha carregando uma bandeja de copos, que pousou sobre a nossa mesa. Os copos estavam cheios de um líquido cor de laranja-enferrujado, com pequenas partículas de sujeira flutuantes. Parecia algo saído de uma vala de drenagem.

Ela entregou a cada um seu copo de vidro.

"Esta deveria ser a água?", disse Bocão.

"É molhada, não é?" a velha retrucou.

"Sim, com certeza – parece ótima", respondeu Dado.

"Sim, ótimo mijo de mula", disse Bocão. Ele estava realmente brincando com a sorte, me pareceu. A velha senhora olhou para ele de um jeito muito estranho. Mas este era o Bocão – sempre fazendo o que não devia.

Ele começou a derramar a água de seu copo nos dos outros, só para irritá-la, eu acho. O som da água escorrendo soou como ir ao banheiro, o que me deu uma ideia. Se eu fingisse que tinha que ir ao banheiro, eu poderia pedir licença da mesa e ter um pouco de tempo e privacidade para checar o lugar. Então, eu comecei a me contorcer da maneira que eu costumava fazer quando era criança e tinha que fazer xixi.

Isto me fez lembrar que este era o tipo de lugar que tinha aranhas de pernas compridas no banheiro.

Estremeci, e então eu realmente tinha que fazer um pouco de xixi.

As portas da cozinha se abriram, e Jake saiu vestindo um avental ensanguentado e carregando um enorme pote fumegante, com uma concha grande dentro. Ele o depositou sobre a mesa e disse: "Ok, quem pediu o Peixe Surpresa?"

Gordo levantou a mão, um pouco nervoso. Jake despejou com a concha um monte de gororoba no prato do Gordo. Foi totalmente nojento. Uma espécie de geleia de sopa preta com cabeças e partes de peixe. Eu acho que aquilo é considerado uma iguaria na França ou em algum lugar maldito, mas só me deixou enjoado. "Delicioso", disse Gordo. Eu não poderia dizer se ele estava brincando ou não. Ele sabia muito mais sobre comida do que eu.

A Mama olhou para dentro do pote. "Sobrou alguma coisa?" Ela olhou para o relógio de pulso. Jake assentiu. "Então é hora de alimentar o seu irmão", a velha continuou.

"Deixa o Francis fazer isso", pediu Jake. "Eu o alimentei ontem à noite."

"Francis está ocupado", disse a Mama.

"Mas eu odeio ir até lá, Ma. Ele –"

"Ele é seu irmão. Agora vai indo, antes que esfrie." Ela o empurrou com força.

Ele atravessou a sala sem muito entusiasmo, abriu uma porta que rangia de tão antiga, e desceu um monte de degraus que rangiam de tão antigos.

Agora que estávamos a sós com a Mama novamente, parecia um bom momento para eu tentar o meu plano. Eu me levantei. "Com licença, senhora", eu disse, muito educado. "Onde é o banheiro dos homens?"

Ela se virou para me encarar. O Gordo, atrás dela, ficou fazendo sinais para que eu deixasse aquilo pra lá, mas parecia que ele estava dançando com a *jukebox* em silêncio de novo, e eu estava ouvindo a minha própria música agora – eu realmente sabia, eu podia sentir que estava no lugar certo, na hora certa.

A Mama olhou para mim. "Você não consegue segurar?"

"É, Mikey", disse Gordo, "você não consegue segurar?"

O Bocão, é claro, não podia deixar de dar uma sacudida nas coisas. Ele derramou um fluxo fino e barulhento de água de um copo para outro. Que idiota.

Mas foi perfeito para mim. "Senhora, por favor!"

Ela consentiu, como se fosse muito compreensiva, como se talvez ela realmente tivesse sido a mãe de alguém uma vez.

"No andar de baixo, à direita", disse ela. "E mantenha-se à sua direita!"

Eu assenti com a cabeça e fui para a porta antes que ela mudasse de ideia. Eu podia ouvir o Gordo sussurrando atrás de mim coisas como "Mikey, não, você não pode...", mas eu o ignorei e comecei a descer as escadas.

Era escuro, muito escuro para se enxergar direito, e tortuoso, então eu mantive a minha mão sobre a parede para me guiar. A parede era de pedra, fria e úmida. Os degraus eram de madeira podre. Eles rangeram o caminho inteiro enquanto desci.

Lá embaixo havia um longo corredor com algumas lâmpadas nuas penduradas no teto. Não havia mais ninguém por perto, então peguei o mapa para ver se eu poderia encontrar quaisquer comparações ou pistas. Mas eu não tive muito tempo para checar, porque de repente eu ouvi esse rosnado estranho vindo do outro lado do corredor. Aquilo arrepiou os meus pelos.

Guardei o mapa e segui os sons. Eles me levaram, depois de uma pequena curva, a uma grossa porta de madeira, com uma fresta aberta. O rosnado era muito mais alto ali dentro, como um animal doente ou algo assim, e misturado com correntes sendo chacoalhadas.

Não sei, mas de alguma forma ele não era exatamente assustador, apenas uma espécie de criatura triste, estranha e deplorável.

Abri um pouco mais a porta e enfiei a cabeça lá dentro.

Era uma pequena sala toda de pedra, como uma cela de prisão, com pesadas vigas de madeira velha e um teto ripado. Havia uma luz no quarto acima de nós, que enviava raios listrados através das ripas para esta sala. Havia um colchão fino e manchado sobre o chão de cimento. Havia comida podre e cocô de rato por toda a parte. E, contra a parede, sentado em uma cadeira de madeira dura, havia uma pessoa enorme...

Tipo uma pessoa. Ele era, sabe, grande demais, e não era exatamente bem formado – mas era difícil enxergá-lo direito porque ele estava inteiro na sombra.

Jake estava ao lado desse cara, segurando o pote de comida. O cara rosnou para Jake, não como um humano, mas como uma coisa. Jake pegou a panela e disse, como se estivesse falando com um cão de estimação:

"Aqui, rapaz. Está com fome? Quer o seu jantar?"

A coisa resmungou e estendeu os braços. Eles eram grossos, com mais músculos do que eu jamais tinha visto, cobertos de pelos crespos, escuros e longos demais para o seu casaco cinza envelhecido. Correntes de metal pesadas o prendiam pelos pulsos à parede de pedra. Ele gemia como uma criança morrendo de fome. Com medo como eu estava, aquele som de choro me fez querer chorar também, juro por Deus.

Jake segurou o pote a poucos centímetros de onde as correntes prendiam a coisa. "Aqui, cara – é isso que você quer? Sua ração de cachorro?"

O grandalhão rugiu e tentou agarrar o pote. Aquilo me fez pular, ele soou como um lobo ferido. Jake deixou o pote cair e a sopa de cabeça de peixe derramou-se pelo chão.

O grandalhão gritou novamente, agora mais como um coelho em uma armadilha. Jake foi realmente sarcástico. "Oh, pobre menino. Desculpe, amigo. Talvez amanhã à noite."

A coisa choramingou. Jake riu e se virou para a porta, quando eu pulei para trás para me esconder. Jake passou direto por mim. Ele não me viu no escuro, então caminhou de volta para cima. Aí eu saí de trás da porta e dei um passo para dentro do quarto.

Havia uma TV preto-e-branco pequena contra a parede, e ela estava ligada, mas sem o som. Ela estava sobre alguns tijolos, perto do chão, com uma pequena antena acima dela. A imagem era terrível. Parecia um filme antigo, com uma luta de espadas e as pessoas gritando. Eu acho que era *O Conde de Monte Cristo*, que eu nunca vi, mas eu lia os "Clássicos em Quadrinhos",[2] então eu sabia que aquilo era definitivamente um sinal, porque ele só se tornou conde por causa do mapa do tesouro perdido e, assim, cavou seu caminho para a liberdade.

Bem, esse cara grande não estava interessado em nada disso agora. Ele estava de joelhos, comendo as cabeças de

---

[2] *Classics Illustrated*, no original, era uma série de adaptações em quadrinhos. A série chegou a ser publicada no Brasil em duas ocasiões. O livro em questão é o clássico do francês Alexandre Dumas (1802-1870).

peixe e tripas do chão, às vezes misturando-as acidentalmente com pequenos pedaços de cimento ou de ossos de ratos ou sujeira, fazendo grunhidos pouco satisfeitos. Então ele me ouviu. Ele levantou a cabeça – e ali, com o brilho esbranquiçado da TV manchada, eu vi o que ele era.

E, cara, eu fiquei com medo.

Ele era careca, exceto por um esparso topete, e sua cabeça não tinha o formato certo. Bem no alto ficavam duas orelhas parcialmente mal formadas, mais como damascos secos que tivessem apodrecido. Seus olhos não eram do mesmo tamanho ou cor, e eles estavam em dois níveis diferentes em seu rosto, um perto de onde deveria estar e o outro mais para baixo, ao lado do nariz. E seu nariz era todo errado também, meio que fora do meio e esmagado, como se tivesse caído em seu rosto e tivesse sido feito de barro.

Mas sua boca era muito triste.

No entanto, ele rosnou para mim como se eu fosse roubar sua comida, então eu não fiquei por perto para discutir – eu apenas parti e rezei para que as correntes o segurassem e para que ele tivesse tomado todas as vacinas.

Corri pelo corredor do porão e subi as escadas até o salão tão rápido que me fez respirar com dificuldade.

E dei de cara com o Brand.

Ele estava todo sujo e machucado e parecia totalmente puto. Ele me agarrou pelo colarinho e me levantou no ar olhando para mim tão zangado que doeu. "A morte é bom demais para você", disse ele. "Estou guardando você para a Mamãe."

Eu chiei um pouco mais alto, e ele me largou. "Brand, o que aconteceu? Você está horrível", eu disse. Eu estava realmente muito feliz em vê-lo, mas com aquela coisa no porão, e o Brand parecendo como se ele tivesse caído dentro de um liquidificador, eu não sabia o que dizer primeiro.

"Eu vou dizer a você o que aconteceu, imbecil", disse ele, totalmente imóvel, mas gritando à beça. "Eu estava seguindo o seu rastro na bicicleta pequena quando Troy Perkins parou ao meu lado em seu *Mustang* vermelho, com Andy e Stef no carro, e ele me perguntou se eu queria uma carona. Então, eu agarrei a maçaneta da porta, e ele agarrou meu pulso e cantou pneu, e em oito segundos eu estava indo a 60 naquela bicicletinha. Daí, quando ele finalmente me soltou, tudo que eu pude fazer foi zunir para fora da estrada e para dentro da grama alta e me destruir seguindo até aqui a pé. Então me rastejei para fora do campo e encontrei as faixas das bicicletas de vocês, brilhando que nem trilha de caracol na terra, e entre elas as embalagens de *Twinkie* que o Gordo deixa atrás dele onde quer que vá. Não foi muito difícil monitorar vocês, seus selvagens. Então, quando eu vi aquelas pegadas de hobbit indo até o farol, eu só usei os meus poderes maciços de dedução e ferrei vocês."

"Muito bem, Brand", disse Bocão. "Você ganhou o seu diploma de decodificador, com certeza."

"Cala a boca, Bocão, ou eu vou fechá-la para você."

"Estou tremendo", sacaneou Bocão.

Brand olhou para ele e depois para mim. "E depois que a Mamãe acabar com você, você vai ter que lidar comigo."

Olhei para o Gordo em busca de algum apoio, mas ele tinha comido seu Peixe Surpresa quase todo e estava realmente, óbvio, já se arrependendo. "Podemos ir agora, gente?", ele sussurrou. "Eu acho que vou passar mal."

Olhei para o Dado, mas antes que eu pudesse dizer qualquer coisa, a Mama voltou da cozinha para a sala. Ela parecia cansada.

"Tudo bem, rapazes. Vão embora. É por conta da casa." Ela apontou para o prato vazio do Gordo.

O Gordo enfiou a cabeça debaixo da mesa e vomitou.

"E isso agora também é por conta da casa!" O Bocão riu.

"Vão em frente, sumam daqui", a Mama disse com um sorriso que ela não queria oferecer, mas tentava soar como uma mãe.

"Jake vai limpar. Agora vão."

Estávamos de saída. Tentamos todos chegar antes uns dos outros até a porta da frente, foi isso o que nós fizemos, e todos nós vencemos. E, assim que a porta se fechou atrás de nós, a Mama colocou o sinal FECHADO na janela.

Nós estremecemos com um arrepio em grupo. "Vamos", disse Brand, e nos pôs em marcha para fora.

Estávamos bastante tranquilos até chegarmos ao cemitério, cada um de nós em nossos próprios pensamentos. O Gordo falou primeiro.

"Ei, pessoal, eu tenho que parar aqui um minuto. Eu ainda estou passando mal."

Então nós paramos. Estava anoitecendo, e as sombras das lápides se misturavam em meio aos arbustos ao nosso redor. Ficamos ali por um minuto enquanto eu endireitava tudo na minha cabeça, principalmente a imagem daquele Sr. Grandalhão, que era tão estranho que eu não conseguia acreditar que realmente o vira, para começo de conversa. Mas eu o vi.

"Ok, agora escute, gente, isso é difícil de acreditar, mas é a verdade total, juro por Deus. Quando eu fui ao porão, encontrei esse quarto lá, e estou dizendo para vocês, eles tem uma 'coisa' lá. Uma criatura gigante. E eles o deixam acorrentado à parede, e quando ele... quando ele veio para a luz e eu vi..."

Meu peito ficou apertado quando eu pensei naquele rosto, e tive que inspirar na minha bombinha.

"Caras, vocês tinham que ter visto aquele rosto. Era horrível. Todas as partes pareciam ter sido misturadas nele –"

"Como o seu cérebro, bobão", disse Brand. Ele não estava lá durante toda a parte primeira como os outros caras, então ele não sabia como era assustador. Ele não ouviu o rosnado, e ele não estava procurando o tesouro. Então, ele simplesmente me puxou. "Diga adeus a seus amiguinhos."

Antes que ele pudesse me puxar para longe dali, porém, o Gordo disse "Vejam", e apontou para o farol. Todos nós olhamos.

Jake e Francis estavam saindo pela porta lateral, carregando um saco grande e flácido. Do tipo em que cabia um corpo. Então a Mama saiu atrás deles, carregando outro saco igual, sozinha. Jake abriu a porta da garagem.

O Gordo engasgou. "Olha lá! É isto!", disse. "Esse é o carro da perseguição desta manhã!" Pela primeira vez, me ocorreu, que talvez a sua história não fosse uma mentirada total. Jake abriu a parte de trás e, em seguida, puxou o que parecia ser uma espécie de fundo falso, mas era difícil de ver no escuro. Jake e Francis enfiaram as costas no fundo do carro e depois tentaram colocar lá dentro a bolsa da Mama, mas ela não cabia, então eles fecharam a mala com um saco e levaram o outro de volta para o restaurante.

"O que você acha que eles têm nos sacos?", sussurrou Dado.

Ninguém respondeu. Mas eu acho que todos nós tínhamos uma ideia do que era.

Jake, Francis e a Mama voltaram, entraram no carro e partiram. O vento começou a soprar, o velho vento de outubro, e senti esse tipo de rubor quente me tomar por inteiro, é o que eu sinto quando me dão uma injeção para a asma na sala de emergência, meio animado, mas realmente calmo. "Ei," eu disse, "o lugar é nosso."

Todos olharam para mim. Eu senti... Eu não sei, algo mágico. O Gordo parecia assustado e enjoado. "Nossos pais vão se preocupar, pessoal. Vamos lá, vamos para casa."

"Que casa?" Eu bati nele. Eu não gostava de perder a cabeça com o Gordo, mas acabou acontecendo. "Em umas duas horas não vão mais ser nossas casas." E, então, tudo girou na minha cabeça, de uma só vez, a senhora velha e louca com seu apetite por línguas, e a coisa no porão, e os sacos que, provavelmente, tinham corpos dentro, e como eu não era corajoso, e o carro com os buracos de bala que poderia ter sido perseguido pela polícia mais cedo, naquele mesmo dia, então talvez isto significasse que havia uma recompensa por esses caras com cara de mau, Jake e Francis-frutinha. E como até mesmo se tudo desse errado, esses caras não iam matar cinco crianças, e como havia absolutamente, sem dúvida, um grande tesouro lá dentro em algum lugar, e ele seria nosso se conseguíssemos seguir o mapa, e como o despejo amanhã seria triste, mas de uma maneira engraçada seria a liberdade verdadeira, como se não houvesse mais nada a perder, e tudo antes deste momento era história antiga, e só este mapa antigo era real. Era um mapa de agora, e eu era mago neste clima de Halloween, eu sabia que era. Eu estava em uma espécie de embalo, como quando sabe que você fez a cesta no segundo em que a bola deixa os seus dedos, como eu estava ouvindo esta melodia que ninguém mais podia ouvir, como se fosse um acorde perfeito, e não apenas isto, mas eu já havia ouvido isto antes. Você sabe do que estou falando?

Então tentei explicar isto para os caras. "Vamos lá, pessoal. Este é o nosso tempo. Nossa última vez." Esta é a única maneira que eu poderia explicar isto.

Puxei o mapa do bolso e tentei lê-lo. Mas estava muito escuro. "Alguém tem um fósforo?", eu disse.

Uma pequena chama apareceu. Em seguida, uma segunda. Erguemos os olhos. Ali, segurando dois fósforos, estavam Andy e Stef.

Os olhos da Andy cintilavam à luz do fósforo, eles eram tão brilhantes. Mas sua mão estava tremendo, e ficou imediatamente óbvio que ela não gostava muito de estar em um cemitério. "Oi, Brand", disse ela.

Brand sorriu e me soltou.

Stef sentou ao lado do Bocão. "O que estão fazendo no cemitério?" Ela piscou para ele.

"Desenterrando umas namoradas antigas?"

"Não fale disso com desprezo", ele lançou. "Cadáveres são muito mais quentes do que você."

Naquela hora, eu soube que nós iríamos fazer acontecer. A Stef e o Bocão ficariam pegando um no pé do outro, e, além disso, o Bocão ia pensar que ele poderia falar sobre isto na escola na segunda-feira. O Brand ia querer impressionar a Andy e mostrar como ele era legal e mais forte do que o babacão do Troy Porcão. E o Gordo ia querer inventar histórias sobre isto por anos, e ele nunca as viveria se todos nós fôssemos atrás de aventuras e ele não, e se nós tivéssemos histórias mais selvagens do que as dele, e as nossas fossem verdadeiras. E o Dado nunca teria outra oportunidade como esta para realmente fazer algo como 007. E eu disse todas as minhas razões. E se todo o resto de nós ia entrar nesta aventura, eu tinha uma certeza danada de que a Andy não ia simplesmente ficar sentada ali neste velho cemitério assustador sozinha. Então, de repente, bem ali, eu soube que iríamos fazer isto. Então eu acendi outro fósforo e estudei o mapa.

Brand parecia um pouco perplexo com a Andy. "O que você está fazendo aqui?"

"Nós seguimos você. Andamos de carro com o Troy por um tempo, mas ele estava sendo um verdadeiro boçal – você sabe, inclinando o espelho retrovisor para que pudesse olhar para a minha blusa." Ela encolheu os ombros, muito na dela. "Então eu dei uma cotovelada no lábio dele."

Brand sorriu como se ele tivesse gostado daquela resposta. Mas eu não prestei muita atenção neles depois disso – eu estava muito interessado em descobrir exatamente onde estávamos no mapa. E para onde estávamos indo.

"Ok", eu disse, segurando o pergaminho diante de mim, "se são trinta passos... um... dois... três..." Comecei a andar.

Mas o Dado me interrompeu. "Não, Mikey. Seus pés são muito pequenos. Devemos fazer isto cientificamente." Ele tirou uma calculadora de sua mochila.

Mas o Bocão tirou o Dado do caminho. "Passos são passos. Você acha que esse cara, o Willy, tinha uma calculadora?" Ele começou a caminhar na direção que eu havia começado, com passos muito mais longos. Direto, rumo ao restaurante.

Ele contava os passos como o Hortelino Troca-Letras.[3] "Um... dois... tlêees... Shhh! Fiquem muito, muito tlanquilos! Eu estou caçando coelos! He, he, he." Esta era a maneira como ele aliviava o seu nervosismo, você sabe, fazendo palhaçadas.

Ele continuou andando, e nós seguimos. Eu estava animado, todos nós estávamos realmente juntos nisto agora. O Bocão estava tentando ser o manda-chuva, e a Stef estava tentando vê-lo se ferrar. O Gordo estava assustado, mas apoiava seus irmãos Goony. E Andy estava flertando timidamente com Brand.

"Pobre Troy", eu a ouvi dizer. "Acho que ele não vai poder dar uns amassos com ninguém por um bom tempo. Rapaz,

---

[3] Personagem dos *Looney Tunes*. Elmer Fudd, no original.

eu vou sentir falta disso." Então ela se aconchegou bem perto do Brand e disse num tom de voz mais suave, "Vamos lá, Brandy. Vamos sair daqui. Cemitérios me assustam."

Eu nem precisava olhar – eu podia *ouvir* o brilho nos olhos do Brand. Ele estava elegendo esta como a melhor noite de sua vida. Eu o vi se virar com ela, mas então ele parou e disse: "Eu não posso ir sem o meu irmão. Espera só um segundo..."

Mas nós já estávamos na porta da frente do local quando ele nos alcançou.

A porta da frente estava trancada. Bocão tentou. Eu tentei. Nada a fazer.

O Gordo estava lá parado, realmente tenso, e isso deu uma ideia ao Bocão. "Ei, Gordo", ele disse, eu tenho algumas *Polaroids* da sua mãe pelada tomando banho. Quer comprá-las mais barato na minha mão?"

Esta foi a última gota para o Gordo. Ele partiu para cima do Bocão como um *linebacker*.[4] No último segundo, o Bocão se esquivou, saindo do caminho, e o Gordo atingiu a porta, quebrando a fechadura velha e enferrujada que a segurava fechada, e caindo na sala da frente.

Mais um acidente do Gordo. O Bocão riu como Eddie Haskell em *Leave It to Beaver*[5] e, casualmente, entrou.

Agora o Gordo estava realmente chateado. Ele se limpou enquanto se levantava. "Agora é que a minha mãe vai realmente me matar. Eu vou ter que pagar por esta porta com a minha mesada, e meu pai vai cortar a minha mesada –"

"Gordo", eu sussurrei, "vamos todos ficar ricos."

---

4   Posição de jogador de futebol americano.
5   Revival dos anos 1980 da série norte-americana original extinta nos anos 1960.

Andy gritou do lado de fora. "Eu estou indo para casa. Vocês vão entrar em apuros!"

Eu a vi se virar para ir embora, e aí ela deu de cara com uma grande gárgula de pedra sentada em uma das lápides. Ela saltou sobre um pé e depois veio trotando até nós, até o Brand, na verdade, que a abraçou como um bravo soldado, o que significava que ele agora estava com a gente, com certeza, já que o Brand não estava a fim de ser exposto na frente da Andy por seu irmão fracote.

Lá dentro, o Bocão continuava a contagem dos passos, ainda com sua gracinha de Hortelino Troca-Letras. "Vinte e oito... vinte e nove... tlinta. É isso! O coelo deve estar aqui embaixo!"

Stef revirava os olhos para o teto. "Você pode parar de fazer testes para ser popular. Você não me impressiona mais."

"Eu preferiria mergulhar em uma piscina cheia de lâminas de barbear a te impressionar", disse ele. Que, obviamente, estava mentindo.

Olhei para o mapa. "Temos que ir para o ponto mais baixo."

"Temos que sair daqui", disse Brand. Seu lado sensato estava com dúvidas. Ele me segurou, mas eu me afastei.

"Vamos lá, Brand, o que são dois minutinhos a mais? E se encontrarmos alguma coisa lá? Hein?" De jeito nenhum eu iria embora agora. O ponto mais baixo, abaixo do lugar no qual estávamos de pé, estava prestes a nos tornar os Goonies mais ricos na terra.

Eu abri a porta do porão. Lá dentro era escuro como um túmulo e três vezes mais profundo. Eu olhei para trás, para eles, Bocão, Gordo, Dado, Stef, Andy, Brand, nós sete todos juntos. Como no filme *Sete Homens e Um Destino*. Fez com que eu me sentisse como Steve McQueen. Invencível. Superlegal. Certo.

Comecei a descer as escadas, mais assustado do que jamais estive. Em poucos segundos os outros me seguiram. De repente, percebi que eu não era mais o último. Eu estava na liderança.

Eu me apoiei na parede de pedra de novo e os guiei, em uma descida cheia de curvas. Nós todos paramos a meio caminho, porém, no meio do mesmo degrau, porque ao mesmo tempo ouvimos a mesma coisa. Um rosnado baixo e barulho de correntes.

O GRUNHIDO DA COISA...
UMA LAREIRA INCOMUM...
UM CADÁVER CONGELADO...
A VOLTA DOS FRATELLI...
A FUGA DO GORDO...
NÓS ENTRAMOS NO TÚNEL...
CHESTER COPPERPOT...
O ENXAME...
OURO DO PIRATA.

CAPÍTULO
IV

"Gordo", disse Stef, "só espero que isto seja o seu estômago."
"Não", eu sussurrei. "Isto é a 'Coisa'."
A Coisa rugiu mais alto, como se quisesse se gabar ou algo assim. Muito, muito assustador.
"Soa meio como o King Kong", disse Gordo.
"Não, ele é em parte humano, acho", eu disse.
Nós continuamos andando até que chegamos ao fundo, e aí meio que nos juntamos em um grupo no final do corredor.
"Vamos lá, querem ver?", perguntei a todos. Eu senti como se fosse a minha Coisa agora. E do jeito que as coisas são, isso era muito legal.
Mas eles só balançaram a cabeça, "de jeito nenhum".
"Não se preocupem, ele está acorrentado." Eu continuei.
Nós ficamos muito próximos uns dos outros, muito quietos. Bem, eu imaginava que as correntes que prendiam a Coisa eram suficientemente seguras; eu só não tinha certeza de que a Coisa sabia disso.

Assim que chegamos perto da porta, ouvi a Andy sussurrar, "Eu não quero ver isso, Brand. Fique comigo, ok?" Então eles ficaram para trás, colados a uma porta do outro lado do corredor. Eu vi quando Brand colocou seu braço ao redor dela, então eu sabia o que eles estavam fazendo.

Chegamos à porta – estava fechada agora. Eu agarrei a maçaneta, girei-a lentamente e, de repente, de trás da porta, veio o mais alto, mais horrível rugido que eu já tinha ouvido, como Godzilla morrendo, e o corredor inteiro parecia um amplificador *Dolby* ou algo assim.

Nós saltamos para trás e caímos todos em cima da Andy e do Brand, que estavam começando um beijinho, e acabamos despencando pela porta da sala do outro lado. O dobrão rolou do meu bolso e pelo chão, mas o Gordo o apanhou bem antes que ele entrasse em uma vala e o colocou em seu bolso.

Olhei ao redor. Nós estávamos em uma ampla sala de pedra que um dia deve ter sido uma cozinha. Havia um freezer gigante na parede, perto da porta, um par de pias enormes, um fogão velho e enferrujado, um garrafão de vidro para água e um monte de panelas sobre o fogão. Era muito sujo, demais, mas obviamente estava em uso, porque ainda havia um pouco de fogo na lareira de pedra na parede próxima a nós.

Mas o mais estranho era que, contra a parede exterior, havia uma dessas máquinas grandes de imprimir jornal, um prelo preto, de metal. Acima do prelo, uma janela que dava para fora, e ao lado da janela havia uma foto de jornal com a Mama, o Jake e o Francis.

O Gordo foi direto para o garrafão de água e começou a se empanturrar. Peguei um atiçador de fogo da lareira e fui para o meio da sala. "Acho que este é um lugar tão bom quanto qualquer outro para começarmos a cavar." Eu ergui o atiçador tão alto quanto pude e cravei-o no chão de concreto.

Tudo o que aconteceu então foi que ele fez os meus dentes baterem.

Brand sacudiu a cabeça. "Tem certeza de que você não foi adotado? Quer dizer, somos da mesma família?" Ele olhou para a Andy, que definitivamente não queria estar ali. "Vamos lá, Mikey", disse ele, "você me envergonha. Não tem nada enterrado aqui, caramba. Este é o século XX, não sei se você já ouviu falar."

"Ei, eu sei como podemos atravessar o cimento", disse Bocão. "Basta colocar um monte de chocolates *Hershey* sobre o chão e deixar o Gordo ir comendo tudo por cima – transformar pedra em lama, espalhar um doce bacana e deixar o Gordo lamber cada centigrama."

O Gordo ainda estava com a cabeça grudada no bico do garrafão de água, mas se levantou rapidamente ao ouvir aquilo. "Ok, Bocão", disse ele, como Popeye, "isto é o máximo que eu consigo aguentar, e eu não vou aguentar mais nada..."

A coisa é que ele derrubou o garrafão de água quando se levantou, e o garrafão caiu, partindo-se em um milhão de pedaços. A água escorreu pelo chão até a lareira e entrou pela grade aberta sob os tocos de madeira lá dentro. Ouvimos um silvo distante, mas o que me surpreendeu foi que esse ruído ocorreu pelo menos dois segundos antes de eu ouvir a água bater no fundo.

O Gordo começou a pirar por ter quebrado alguma coisa, mas eu disse a ele que calasse a boca. "Shhh, ouça", eu falei.

Um gotejar lento, ecoando.

"Grandes merdas", disse Brand.

"Não, é profundo!", eu disse. Ninguém mais entendeu. "Deve haver algum tipo de abertura ou de outro cômodo ou algo lá..."

Corremos para a lareira. Brand estendeu a mão para retirar um toco de madeira do caminho, se queimou, aí ganiu e deixou cair o toco.

"Brand, você tem certeza de que não foi adotado?", eu disse. "Somos da mesma família? Vamos lá, você me envergonha." Percebi que a Andy estava sorrindo.

O Brand me deu uma encarada, mas não me bateu. Ele simplesmente tirou a camisa, em parte para envolver a mão com ela e em outra parte, pensei eu, para exibir seu peitoral para a Andy. Bem, ele tirou todos os tocos quentes dali e empurrou as cinzas para o lado, de modo que toda a grade escurecida no chão ficou exposta. Ele a puxou para fora.

A poucos metros abaixo pudemos ver um segundo piso, feito de velhos tijolos em ruínas e terra. Brand enfiou o pé lá embaixo e começou a chutá-lo para ver o quão sólido era aquilo. Imediatamente começou a ceder, como se pudesse romper. Ele continuou chutando. As pessoas reagem ao nervosismo de maneiras diferentes. Eu fico mais nervoso, ou, às vezes, eu tenho um ataque asmático. O Bocão começa a tagarelar. O Dado se concentra em suas geringonças. E o Gordo fica com fome. Foi justo agora que o Gordo reparou no congelador na parede. "Ei, será que eles têm sorvete?", disse ele, com seu sorriso especial que brilhava por comida. Ele andou até o freezer e puxou a maçaneta, mas ela não se movia.

Brand continuava chutando o piso falso da lareira com o pé. Eu podia ver os tijolos começando a se desintegrar e ceder. De repente, houve um ruído e seu pé rompeu o piso e se enterrou até o joelho. Havia uma abertura por baixo dos tijolos.

Nós ajudávamos o Brand a sair dali quando um zumbido encheu a sala. O Dado, atraído para o maior dispositivo que havia por perto, havia ligado o prelo. Fomos até ele enquanto ele apanhava a última página rolando. Era uma folha recém-impressa de 50 dólares falsificados perfeitos.

"Notas falsas", disse Brand. "Olha só isso", disse Dado, entregando-me a página. "Eu sabia que aquela gente não era boa coisa."

Stef tirou a manchete com a foto de nossos anfitriões da parede. "Oh, Deus, eu sabia que eu estava reconhecendo esses rostos", disse ela. "Esta é a quadrilha Fratelli. Eles apareceram no noticiário. Esse Jake acabou de fugir da prisão, e houve uma perseguição de carros em alta velocidade, e eles são procurados em todos os lugares e –"

"Olha só! Vocês nunca acreditam em mim," disse o Gordo, ainda tentando fazer o freezer abrir. "E agora olha só no que vocês se meteram..."

De repente, a porta do congelador abriu. E de pé, lá dentro, havia um cadáver.

Congelado, seus olhos bem abertos. Um buraco de bala no centro de sua testa. E um crachá do FBI preso na lapela.

Ele era um dos dois caras de terno escuro que tínhamos visto entrar no restaurante no início do dia. Ele estava amarrado e amordaçado, e fechado até o meio de um saco de plástico verde. O que não coubera na mala do carro. E então, como se estivesse em câmera lenta ou algo assim, o corpo pendeu para a frente e desabou no chão. Quase acertou o Gordo – que estava tão petrificado que mal podia se mover – até que o corpo bateu no cimento, e então todos nós nos mexemos e, sem brincadeira, foi muito rápido. Porta afora, pelo corredor, subindo as escadas. Mas não muito longe até as escadas. Porque no salão, acima de nós, ouvimos vozes.

Os Fratelli estavam em casa.

E então, no topo da escada, ouvimos a porta do porão se abrir.

Nós nos viramos sem uma palavra, corremos de volta para a sala de falsificação e fechamos a porta.

Eu inspirei forte a minha bombinha.

O Gordo estava tremendo. "Mamãe! Papai! Tio Wormer!" De novo e de novo. Lembro que foi desse jeito também que ele conseguiu se acalmar à noite depois que ele fugiu para ver *Sexta-Feira 13, Parte II*.

"Ai, Jesus", sussurrou Andy, e se benzeu.

O Gordo viu aquilo, e eu acho que ele pensou que devia tentar qualquer coisa que pudesse ajudar, mas ele era judeu, então ele esboçou uma estrela judaica sobre o peito e o estômago.

"O que vamos fazer?", disse Brand.

"Temos que levá-lo de volta para o congelador", eu disse, "ou eles saberão que estivemos aqui."

O Gordo ficou atrás do corpo e puxou, enquanto o resto de nós ficou na frente e empurrou, exceto a Andy, que apenas ficou ali, dura como o cadáver, sussurrando, "Ave Maria, cheia de graça, o Senhor é convosco."

Podíamos ouvir os Fratelli descendo as escadas, mas finalmente conseguimos colocar o cadáver de pé, empurrá-lo para o freezer, e fecharmos a porta. Nós não tínhamos percebido ainda que tínhamos empurrado o Gordo junto com o corpo.

Corremos para a lareira. Peguei uma pá e fiz sinal para os outros descerem pela passagem abaixo do piso falso – pensar nas prioridades, mas imaginei que, já que estávamos fugindo dos Fratelli, não custava nada procurar também o tesouro enterrado ao mesmo tempo.

A garotada toda desceu pela passagem, exceto Brand. "Nossa, ela parece meio pequena", disse ele.

"Sim, como o elevador. Lembra?", eu disse.

"Eu disse para você não falar disso." Ele começou a me dar uns bons tapas, mas a voz da Mama estava chegando perto e, além disso, a Andy o observava lá debaixo, e ele não queria parecer covarde na frente dela, com certeza. Assim, ele engoliu o sapo e se arrastou lá para baixo com o resto de nós.

Eu entrei por último. Quando cheguei lá, puxei a grade de volta sobre nossas cabeças, depois atravessei a pá contra a grade e puxei tocos e varas de volta para cima dela, aí peguei o isqueiro da Stef e o Dado apanhou os fósforos da Andy, e reacendemos o fogo por baixo.

E então, a Mama e os meninos entraram.

Eu podia vê-los através da grelha. Jake foi direto para o freezer, mas antes que pudesse abrir a porta o suficiente, a Mama viu o bebedouro quebrado e soube que alguma coisa estava acontecendo.

"Vamos ver o seu irmão", disse ela, com uma voz realmente áspera. Estava óbvio para mim a quem a Coisa lá no outro cômodo havia puxado no quesito voz.

A família Fratelli saiu para ver como estava o bebê. Eu ainda podia ouvi-la dizendo: "É melhor ele não ter 'rebentado aquelas correntes de novo. Eu não vou voltar ao zoológico para buscar outro par", quando a porta do congelador abriu toda e o Gordo deslizou para fora atrás do cadáver. Foi só então que percebi que ele não estava conosco.

"Gordo!", eu chamei em um sussurro.

Ele correu para a lareira. Metido em sua camisa havaiana, ele me lembrou um prato de gelatina congelada com frutas frescas dentro, mas eu não disse nada.

"Gente?", disse ele, segurando as mãos sobre o fogo para se aquecer. "Deixem-me entrar! Rápido, vamos lá!"

Não havia tempo algum para isso, no entanto. A quadrilha estaria de volta em um segundo.

"Você tem que sair daqui, Gordo", eu sussurrei. "Chame a polícia." Eu vi a janela acima do prelo.

"Use a janela! Ali em cima!"

Ele olhou para a parede e começou a sacudir a cabeça, mas então nós ouvimos os Fratelli voltando. Então ele pulou em cima do prelo, abriu a pequena janela suja e se arrastou para fora, justo quando Mama, Jake e Francis entraram.

"Eu sabia que ele não conseguiria quebrar aquelas correntes", disse a Mama.

"Talvez tenha sido uma das tremedeiras dele, Ma", disse Jake.

"Sim", Francis concordou. "Lembro que aconteceu uma vez."

"Calem a boca", disse a Mama. "Vamos lá. Temos que carregar o outro." Ela apontou para o freezer.

Os caras concordaram e arrastaram o corpo para fora. "Vocês que cuidem disso, meninos", a Mama continuou. "Eu vou ficar para trás e olhar por aí para me certificar de que nenhuma daquelas 'tremedeiras' ainda está metendo o nariz onde não é chamada outra vez."

Achei que era hora de começarmos a descer de leve pelo caminho, então eu fui abrindo espaço entre os outros.

Nós estávamos em um túnel estreito cercado por pedras escorregadias e terra endurecida, e escorado por feixes de madeira manchada de carvão. O túnel tornou-se mais amplo conforme descemos, mas totalmente escuro assim que nos afastamos da fraca luz do fogo acima de nós. Então, mesmo com espaço suficiente para ficarmos de pé, nós nos amontoamos por um minuto, com medo de andar mais à frente na escuridão, tentando fazer um balanço de tudo o que tinha acabado de acontecer.

Estávamos escondidos dos assassinos, o Gordo saiu para pedir ajuda, cada passo daqui em diante podia nos levar ao ouro do pirata. Era selvagem e assustador e parecia que havíamos conseguido vencer a primeira etapa de perigos quase como profissionais, e eu estava meio alucinado ou coisa assim.

Andy estava mais para coisa assim. "Ai, meu Deus, eu vi o meu primeiro cadáver", ela sussurrou.

"Ok, olha aqui, caras", disse Brand, "Eu sou o mais velho, então sou eu quem dá as ordens. Primeiro, vamos encontrar um caminho para sair daqui – para cima, talvez encontremos uma tampa de bueiro."

Aquilo parecia uma ideia idiota, mas eu não disse nada. Em vez disso me virei para o Dado. "Ei, Dado, você tem alguma lanterna com você?"

"Sim, para o caso de emergências. Quando estou andando para casa, voltando da escola, e uns grandalhões me param para pedir dinheiro, eu finjo que estou apavorado e aí eu meto a mão no meu bolso e puxo esse fio e digo 'Antolhos Antirroubo!' Ele meio que sussurrou-gritou as últimas palavras ao puxar a corda no bolso.

Duas lâmpadas de projetores de filmes de oito milímetros saltaram de seu cinto com essa luz incrivelmente brilhante, tão ofuscante que todos tivemos que cobrir os olhos. E aí, cerca de três segundos depois, as luzes se apagaram.

"O único problema", Dado murmurou, "é que as baterias não duram muito tempo." Daí ele pegou sua mochila. "Então... eu trouxe a luz do quintal do papai." Ele puxou uma lanterna enorme, à bateria, e virou-a. Ela iluminou toda a passagem.

Brand a tomou dele. "Ok, eu vou andando na frente com a luz..."

"Andando?", disse o Bocão. "Que tal ir correndo, e quando você estiver vencendo, bonitão, você corre um pouco mais, até que saiba que você é o campeão...", ele começou seu rap.

Houve um momento de riso nervoso grupal.

E então começamos nossa jornada.

Caminhamos por um longo tempo. O túnel dava voltas em todas as direções, às vezes ficando mais largo, às vezes se estreitando, às vezes ampliando seu tamanho até o de uma caverna, por outras se dividindo em três ou quatro bifurcações. Depois de três voltas, eu estava totalmente perdido. Então nós só seguíamos adiante, da melhor maneira que pudemos – em direção à liberdade, que era o mínimo proveito que poderíamos tirar.

Depois de algum tempo, chegamos a um lugar estranho: em uma caverna larga e baixa, tubos que desciam do teto de argila, pendurados sobre nossa área, atravessando um por cima do outro, e curvando-se para cima novamente. Todos de tamanhos diferentes, a maioria muito enferrujada, emaranhada com muitas raízes de árvores e trepadeiras.

De onde quer que aquilo viesse, significava que, provavelmente, estávamos muito perto da superfície.

A Stef cutucou o Bocão. "Seu velho é encanador. Que tipo de tubos são esses?" O Bocão os checou. "Tubos de gás, esgoto, elétricos, encanamento, água quente, água fria, tubos de pressão..."

"Os canos de água?", disse Brand. "Ei, você acha que se começarmos a nos pendurar neles, alguém no andar de cima pode ouvir?"

Bocão concordou com a cabeça e puxou a chave inglesa que ele sempre carregava no bolso de trás. O resto de nós pegou algumas pedras. E todos nós começamos a bater.

Ninguém respondeu, então nós zoamos um pouco por ali, só para relaxar – começamos a nos balançar nos tubos como Tarzan ou a andar sobre alguns dos maiores, como se eles fossem vigas de equilíbrio, e Andy tentou fazer uma imitação de Mary Lou Retton,[1] mas caiu, e Brand se pendurou de cabeça para baixo em um, o que eu acho que é a sua posição natural.

Bocão começou a trabalhar em um dos canos com a sua chave, tentando desatarraxá-lo. Entre ele e nós, não demorou muito para que uma dúzia de tubos começassem a vazar e a jorrar água. Alguns, sob pressão, até mesmo começaram a se mover sozinhos, e foi estranho e meio misterioso, como um enorme motor subterrâneo ou algo assim.

Nós realmente começamos a zoar os tubos em seguida, puxando e empurrando e batendo neles. A água se espalhava por toda a parte, e alguns dos tubos até mesmo caíram no chão e trouxeram com eles luminárias da superfície para baixo, bicos de chuveiro e torneiras e chafarizes e outras coisas.

E então o mundo desabou. Os tubos irromperam, colidindo contra as paredes de terra com toda a força, com silvos de vapor e de água soando por toda a parte. Ficou assustador bem rápido, como se no meio de uma risada todos nós descobríssemos que deveríamos estar em outro lugar.

"O que está acontecendo?", gritou Stef.

"Nós destruímos as válvulas de pressão", gritou Bocão. "É melhor sairmos daqui!" Saímos dali. Para o próximo túnel.

"Nossa", disse Brand, "você acha mesmo?" Ele parecia muito mal-humorado. Eu acho que todos nós concordávamos com ele, mas estávamos cansados demais para concordar em voz alta. Então nós só continuamos andando.

Estávamos encharcados agora, o que nos deixou com frio e, com o frio, ficamos com medo. De alguma forma,

---

[1] Ginasta norte-americana famosa na década de 1980, medalha de ouro nas Olímpiadas de Los Angeles (EUA), em 1984.

no escuro e perdidos e com frio é muito pior do que apenas no escuro e perdidos. Portanto, nos amontoamos, pelo calor e pela companhia. Aquilo me lembrou de Robin Hood e seus homens alegres, se escondendo na floresta do malvado Príncipe John, mantendo o bom-humor uns dos outros elevado com histórias e músicas e jogos.

"Alguém sabe alguma história, música ou jogo?", eu disse.

Bocão começou a cantarolar a "Marcha Fúnebre", e Brand disse: "Sim, você ouviu aquela sobre o irmão mais novo que foi enterrado vivo?"

Bem, talvez não fosse exatamente como Robin Hood.

Depois de um tempo chegamos a um longo corredor com um piso irregular, todas as rochas salientes, inclinadas e afiadas. Da metade para baixo vimos algo engraçado – uma embalagem de chiclete, um tubo de charuto de lata e uma velha Bíblia mofada.

Paramos como um animal que tivesse múltiplas pernas.

"Alguém esteve aqui antes de nós", sussurrei.

"Talvez eles ainda estejam aqui", disse Dado, olhando ao seu redor.

"Talvez seja melhor esperar que eles realmente não estejam", disse Stef.

Andy parou de rezar Ave-Marias por tempo suficiente para começar sua verborragia errante. "Uma hora atrás Troy estava olhando para a minha blusa. Não há nada de errado com isso, não é? Mas não, eu tinha que ficar toda convencida e irritada, então agora em vez de em um passeio pela costa com Troy, eu estou aqui falando sobre o meu corpo para as paredes. Ora, é um belo corpo, e quantos anos mais eu tenho antes de..." Ela parou assim, tão imóvel, que eu quase podia *ouvi-la* ficar translúcida. E então ela apontou: "... antes de eu começar a me parecer com ele".

Todos olhamos na direção que seu dedo apontava. No chão, contra a parede, estava um esqueleto em decomposição.

Nós meio que pulamos lentamente por cima dele. Suas pernas estavam presas sob uma pedra gigante. Eu olhei para o teto. Havia uma série de pedregulhos, que oscilavam presos a pesadas correntes ao longo de todo o comprimento do túnel.

De repente, eu sabia o que tinha acontecido aqui, e como, e por quê, e tudo fez sentido.

Eu falei baixinho para o fantasma que me contou. "Você fez isso, Willy Caolho, não fez? Este é um dos seus truques. E você não ia ter esse trabalho todo para manter as pessoas longe daqui a menos que você tivesse alguma coisa terrivelmente grande para esconder, teria, Willy?" E acho que ouvi o velho Willy sorrir. Como se eu soubesse que a partir daquele momento eu estava navegando em suas águas. Havia algo entre nós, que atravessava todos esses séculos, atraindo-nos. Talvez ele fosse meu santo padroeiro. Isto era possível? São Willy? Ou talvez eu fosse parente dele. Como se os seus genes tivessem sido transmitidos de geração em geração, e alguns deles tivessem ido parar em mim, e era essa parte de mim que sabia o que ele estava fazendo o tempo todo.

Olhamos de perto o esqueleto. Ele estava vestido com roupas de mineiro, e um chapéu de mineiro e tinha ferramentas – pás, picaretas, coisas assim.

"Este deve ser o Chester Copperpot", disse Dado.

"Quem?", disse Stef.

"O último cara que foi à procura do ouro de Willy Caolho. O jornal disse que ele entrou, mas que nunca saiu – isso foi em 1935."

"Procure a carteira dele", disse Brand. Ele mesmo, porém, não faria aquilo.

"De jeito nenhum eu vou encostar neste cara", disse Bocão. "Você procura a carteira."

"Eu pego, seus nerds", disse Stef, e mexeu nas calças do esqueleto. Eu disse que ela era forte o suficiente.

"Ela mexe nas calças dos caras o tempo todo." O Bocão riu por cerca de um segundo antes que a Stef desse um belo chute em sua panturrilha, o que o fez se calar.

Ela encontrou a carteira e a puxou para fora, mas no último segundo, juro por Deus, a mão do esqueleto se fechou em torno dela e não a soltava. Se fosse comigo, eu teria deixado o otário ficar com a sua maldita carteira, mas Stef já tinha ido tão longe que agora ela queria ir até o fim. Então ela puxou, e ele puxou de volta, e ela finalmente arrancou a coisa dele, e um par de dedos do esqueleto caiu. Tipo, me apavorou totalmente.

A Stef abriu a carteira, e com toda a certeza do mundo o nome do velho estava em um cartão que se esfarelava lá dentro – Chester Copperpot.

Dado sussurrou: "Nossa, se ele não conseguiu sair – e logo ele, que era um especialista – o que vai ser de nós?" Depois outra coisa lhe ocorreu, e ele pegou sua mochila, tirou uma dúzia de pequenas coisinhas vermelhas feitas de cápsulas, e colocou umas duas no chão.

"O que você está fazendo?", disse.

"Deixando armadilhas", disse Dado. "Para o caso de alguém nos seguir. Vamos ouvi-los chegando."

Foi quando notei o medalhão pendurado no pescoço do esqueleto. Eu o puxei e o estudei de perto. Era de cobre, e tinha a forma de uma chave com um crânio de um lado, e três furos irregulares cortados formando os olhos e o nariz do crânio. Por alguma razão eu me perguntei se ele caberia no mapa de alguma forma, então eu peguei o velho pergaminho e tentei comparar aspectos entre eles.

Enquanto isso, Dado começou a transferir o lixo da bolsa de Chester Copperpot para a sua própria mochila – foguetes-de-estrada, fósforos, uma bússola, uma faca grande...

Este último item foi a gota d'água para Andy. Ela surtou e começou a correr túnel abaixo, gritando: "Vamos sair daqui! Vamos lá! Temos que nos manter em movimento!"

Ela correu direto para cima de um galho de árvore caído no chão, que subia pela parede, e então percebi que havia ramos como aquele espalhados pelo chão, também presos à parede, em lugares bem próximos de onde as pedras estavam penduradas. Como gatilhos.

"Andy! Pare!", gritei.

Mas já era tarde demais. Seu pé quebrou o primeiro galho. Ouvi esse rangido absurdo, e a primeira pedra começou a vacilar. De repente, sem pensar, todos correram atrás dela. Olha, eu não sou muito forte, mas fui muito rápido, mais rápido do que o velho Chester, naquela hora, então corri junto com todos os outros. Igual brincar de pega-pega.

E gente, como elas caíram! Quase me acertaram duas vezes, uma vez a pedra chegou tão perto que o vento que ela movimentou quase me derrubou. Mas somente o barulho já era suficiente para matar qualquer pessoa com metade de um cérebro. Felizmente, estávamos com a cabeça longe, concentrados em salvar a nossa pele.

No final das contas, todos nós escapamos de alguma maneira para a parede oposta, com a última pedra caindo atrás de nós por um fio de cabelo, se despedaçando em escombros. Nós ficamos ali amontoados por um minuto, agitados e com nossos ouvidos zumbindo, assustados e tontos, e só lentamente percebemos que estávamos em um beco sem saída.

Era uma parede de pedra enorme com um pedregulho circular preso a ela em sua parte inferior. E, gradualmente, enquanto os nossos ouvidos paravam de zumbir, tomávamos consciência de um outro som, por trás dessa parede.

"Ouça!", disse Stef, totalmente animada. "Tem alguma coisa lá atrás!"

"Talvez seja uma forma de sair", disse Andy.

Brand encarou esta como sua grande chance de bancar o Macho-Salvador. Ele deu uma piscadela para Andy, arrancou sua camisa, e flexionou os músculos do peito. Andy corou, Bocão fez "u-huuu", eu tentei enrijecer um músculo, Dado revirou os olhos e Brand colocou seu ombro contra o pedregulho. Nada aconteceu de início, mas, depois de um monte de grunhidos e de muito suor e contrações musculares dinâmicas de Brand, a coisa começou a ceder.

Brand era um bocado babaca às vezes, mas ele era forte, isso vou ter que admitir sobre ele.

Lentamente, o pedregulho cedeu mais e mais, com um som de trituração. E, de repente, aquilo simplesmente rolou por um declive, deixando um buraco na parede. Todos aplaudiram, e Brand fez sua cena típica de falsa modéstia. Enfiei a minha cabeça pela abertura. Escuridão total. Mas ainda havia aquele som, só que muito mais alto agora. Uma espécie de chiado, de fricção, opressivo.

"Ei, Dado, traz a luz", eu disse. Não era o tipo de som de que eu quisesse me aproximar às cegas.

Dado enfiou a cabeça lá dentro. "Olá! Olá! Alguém aqui?"

E antes que eu me desse conta, houve guinchos e um bater de asas e cerca de mil morcegos surgiram voando para fora do buraco. Eles estavam em nosso cabelo, em nossas roupas com suas grandes asas pretas e dentes pontudos, afiados e olhos vermelhos e sua sujeira maldita. Batemos neles, tentamos nos esconder atrás das pedras grandes, gritamos – eu acho que foi a coisa mais nojenta que já me aconteceu na vida.

Felizmente, eles não ficaram ali por muito tempo, ou poderíamos ter morrido de nojo. Eles voaram em bando túnel abaixo, voltando na direção de onde haviam acabado de chegar, como uma nuvem barulhenta. Demorou uns cinco minutos para que todos eles passassem. Depois nós seguimos em frente.

Fomos através do buraco na parede, que levava, descobrimos, a essa enorme caverna antiga com apenas um outro túnel, que tomamos. Andy não queria ir no início, até o Dado dizer que, se houvesse morcegos que viviam aqui, devia haver uma saída para eles, o que significava que devia haver uma saída para nós também.

Tivemos que enfiar os pés em cerca de trinta centímetros de cocô de morcego na saída do túnel, o que não foi gostoso, mas depois fomos em frente e atravessamos a passagem seguinte. Brand liderava o caminho segurando a lanterna, mas a passagem gradualmente foi ficando mais estreita e rebaixada de novo, às vezes tão íngreme que tivemos meio que deslizar para baixo, e eu podia ver que ele estava ficando nervoso. Depois de um tempo, o túnel ficou tão apertado que tivemos que começar a rastejar. Foi quando a lanterna começou a piscar e morreu. Brand começou a entrar em pânico.

"Ei, o que está acontecendo? A bateria desta coisa está acabando! O que vamos fazer a respeito da luz?"

Dado enfiou a mão em sua mochila e puxou um dos foguetes que ele havia descolado com Chester Copperpot. Ele bateu no foguete e a coisa explodiu naquela chama vermelha especial que eles fazem, tão brilhante que você dificilmente consegue ficar olhando para ela, e Dado então o passou para Brand, que pegou, mas continuou reclamando. "Tudo o que fazemos é ir cada vez mais para baixo! Para onde vamos? Quem está no comando? Tudo o que sei é que este lugar está ficando pequeno demais, cacete..." Eu estava perto da parte traseira com a Andy. "Uh-oh," eu sussurrei, "ele está ficando com aquele 'olhar-de-elevador'."

"O que você quer dizer com 'elevador'?"

Eu me aproximei dela. Mesmo depois de tudo o que passamos ela ainda cheirava incrivelmente bem. Algum tipo de perfume que nenhuma das outras meninas usava. Me fez querer falar com uma voz mais suave do que a habitual. "Brand e eu ficamos preso no elevador uma vez", expliquei. "Durante cinco horas. No início estava tudo ok, mas depois ele começou a ficar clos... trofé... foto..."

"Claustrofóbico", disse ela. Ela era ainda mais inteligente do que Brand.

"É. E ele pirou. Perdeu o controle total. Começou a girar em círculos, seus braços batendo ao redor. Como um dançarino de *break* acelerado. Tive que subir no teto do elevador para não me machucar..."

O túnel começou a se alargar um pouco novamente, por isso pudemos nos levantar quase totalmente agora, mas mesmo assim Brand começou a gritar, de repente: "Eu não posso respirar! Estou sufocando! Mikey, me dê a sua bombinha! Vamos lá, cara! Agora!"

Passei minha bombinha, e pude vê-lo dar uma longa inspirada nela. Sussurrei para a Andy: "A última vez que ele usou isto foi no elevador. Andy, as coisas podem ficar difíceis. É melhor você me deixar segurar a sua mão."

Não sei por que eu disse aquilo, apenas saiu. Ela parecia tão petrificada e cheirava tão bem, eu meio que tive essa vontade de protegê-la. Eu não sei.

Eu realmente queria que ela gostasse de mim, eu acho. Não que ela fosse gostar, não de alguém com suspensórios e asma, mas ainda assim era o que eu queria. Acho que é por isso que eu delatei o Brand a respeito da coisa do elevador – para que ela considerasse ele menos, e talvez por isso ela pensasse mais em mim. Mas então o problema era que, assim que disse tudo aquilo, eu me senti muito mal em quebrar a promessa que fiz ao Brand, aí me senti ainda pior a meu respeito, o que me fez pensar que a Andy devia se sentir pior a meu respeito também. Então a coisa toda saiu pela culatra, o que me fez lembrar que é por isso que não era uma boa ideia quebrar promessas, mesmo que eu pensasse que tinha uma boa razão para fazê-lo.

Eu devia estar parecendo terrivelmente deplorável, porque ela pegou a minha mão, e então eu me senti menos nervoso. Vai entender essa.

Continuamos andando, e o túnel tornou-se bastante largo, até que conseguimos ficar eretos. Depois de cerca de seis metros ele fez uma curva fechada, colocando-nos em uma piscina de água até os tornozelos. Eu caminhei até a frente, onde o Brand estava. Perto do cabeça do grupo, no entanto, eu parei, alguma coisa chamou a minha atenção, no solo, na água. Um monte de coisas, na verdade.

Na verdade, brilhando e cintilando no vermelho fosforoso da luz do foguete, sob as ondulações da piscina rasa, estavam milhares de antigas moedas reluzindo. Havíamos encontrado o ouro do pirata.

"Nós encontramos! Estamos ricos!", gritei.

E então a chama do foguete se apagou.

POÇO DOS DESEJOS...
A PORTA ERRADA...
O JURAMENTO GOONY...
SANGUESSUGAS...
BRAND ENLOUQUECE...
PERDEMOS O DADO...
O ESQUELETO PIRATA...
NAMORINHO NO TÚNEL Nº 3...
NO NARIZ DO CRÂNIO.

CAPÍTULO V

Eu caí de joelhos, tirando com as mãos em concha punhados de moedas da piscina, que tinha centímetros de profundidade. Tudo o que eu consegui enxergar primeiro era esse vermelho brilhante no local onde a chama estivera acesa antes, mas, conforme os meus olhos se acostumaram à escuridão, vi que um raio de luar branco, bem claro, incidia diretamente sobre nós. E o ar tinha um cheiro fresco também. Brand puxava grandes quantidades de ar para os pulmões, respirações profundas, como se estivesse fora do elevador novamente. Enquanto os caras enchiam os bolsos de moedas, olhei de perto o meu punhado. Centavos. Centavos com a cara de Lincoln.

Dado também estava observando as moedas mais de perto. "Em que ano aquele mapa foi feito?"

Então Bocão começou a verificar. "Algumas centenas de anos antes de Lincoln... Washington... Eisenhower... Roosevelt... Martin Sheen."

"Este aqui é o presidente Kennedy, seu monstro. A gente deve estar no fundo do antigo Poço dos Desejos", disse Stef.

Ela estava certa. Havia, principalmente, moedas de um centavo ali, com moedas de 10 centavos e 25 centavos espalhadas. Bem longe de ser uma fortuna.

Ainda assim, era um bocado de trocados, então começamos a encher nossos bolsos.

Andy, no entanto, ficou parada. "Eu sempre acreditei que quando você jogava uma moeda, ela se transformava em seu desejo."

Em poucos segundos, Stef passou e olhou para ela e balançou a cabeça. "Espere um minuto, rapazes. Estes são os desejos de outras pessoas, não os nossos."

Ela esvaziou seus bolsos. Então eu fiz a mesma coisa. Ela estava certa, não é legal mexer com os desejos de outra pessoa.

Todo mundo colocou o dinheiro de volta, exceto o Bocão, que guardou 25 centavos. "Olha, bem, este desejo era meu, e ele não se tornou realidade."

Olhei para trás e para frente entre o mapa e o medalhão que eu arrancara do pescoço de Chester. Eu tinha certeza de que eles estavam interligados, só não sabia como. "O que isto tem a ver com o mapa?" Murmurei para o espírito de Willy. Eu estava me tornando mais e mais certo de que ele estava flutuando à minha volta. "Eu sei que a resposta está aqui em algum lugar, Willy. Eu sei como você é inteligente..."

Daí, um respingo forte espalhou água bem na frente do Dado. Ele enfiou a mão na piscina e voltou com um dólar de prata. "Agora, quem tem tanta grana assim para fazer desejos com um dólar?"

Brand pegou a moeda. "Bem, vamos chamar a atenção deles antes que eles sumam." Ele atirou o dólar para cima do poço, com o maior impulso que conseguiu.

Ouvimos a moeda acertar alguma coisa, e então uma voz gritou para nós. "Ei! Quem está aí?"

Era uma voz familiar.

Os Goonies enlouqueceram, aplaudindo.

"Ei, joga uma corda para nós!"

"Ajuda a gente!"

"Nós estamos aqui!"

Houve uma pausa, e então a voz disse lá do alto: "Andy! É você que estou ouvindo?"

E então eu reconheci a voz lá em cima. Troy Perkins.

De todos os babacas em todos os lugares em todo o mundo, tinha que ser aquele babaca naquele local naquele momento.

Andy gritou para ele. "Sim, Troy, sou eu! Eu estou presa aqui embaixo!"

"Quem está com você?"

"Stef e Mikey e Bocão e... Brand..."

"Os Goonies"?

"Troy, é só mandar a corda e um balde aqui para baixo e salvar a gente, pelo amor de Deus."

"O que você está fazendo aí?"

"Troy, este não é o momento de contar história. Agora, por favor!"

"E como chegaram aí?"

Ela estava de saco cheio de verdade, eu podia ver, e ninguém mais queria dizer nada, por que... como é que se fala com um babaca?

"Entramos aqui através do farol e por túneis", ela começou, realmente paciente, "e depois batemos nas tubulações de água subterrânea, mas ninguém nos ouviu..."

"Tubulações? Os canos debaixo do Country Club? Foi nisso que vocês bateram? Você tem alguma ideia da quantidade de problemas que você causou? "

"Problemas que eu causei?"

"É isso mesmo! Ficamos cheios de esgoto passando pelos canos de chuveiro, fontes de água foram sugadas para dentro do terreno, tivemos banheiros explodindo..."

"Bem, e nós tivemos pedregulhos despencando e morcegos e... por que estamos discutindo isso enquanto eu estou presa no fundo de um poço?", ela gritou.

Ela conseguiu impor seu ponto de vista, acho. Em poucos segundos ouvimos o balde descendo até nós. Todos os caras ficaram muito animados, mas eu fiquei de lado, meio sozinho, ainda olhando para o medalhão. "Eu sei que posso vencê-lo, Willy. Este é apenas um de seus jogos."

O balde nos alcançou, pendurado na ponta da corda, e todos se reuniram em torno da Andy, que começou a colocar o pé dentro dele. Fiquei triste de verdade, de repente, como se de alguma forma tudo aquilo fosse desaparecer – quase como se nunca tivesse acontecido, assim que a Andy montou no balde para subir.

Então, eu segurei o braço dela. "Andy, espera! Nós temos esta outra pista agora... e o Chester Copperpot nunca chegou até aqui, então temos uma chance de –"

"Uma chance de quê, Mikey?", ela disse. Ela estava olhando diretamente para mim. Ela estava muito séria. "De sermos mortos? Olha, se continuarmos assim, alguém vai acabar morto. Pedregulhos, morcegos... Eu não quero nem imaginar que outras coisas existem por aqui. Além disso, temos que ir à polícia."

"O Gordo provavelmente já foi à polícia", disse eu.

"A menos que ele já esteja morto."

"Não diga isso! Nunca diga isso", eu bati nela. "Os Goonies nunca desistem."

"Eu não sou uma Goony", disse ela, calmamente.

"Certo, eu me esqueci disso por um segundo." Eu me virei para os outros, que estavam ali parados, olhando para nós como se fôssemos gladiadores ou algo assim. "Mas vocês entendem o que eu estou dizendo, não é? Da próxima vez que vocês virem o céu, ele vai estar sobre outra cidade. Da próxima vez que vocês fizerem uma prova, vai ser em outra escola. Nossos pais e mães querem o melhor para nós, mas eles têm que fazer o que é bom para eles, porque é o jogo deles, é a vez deles, mas aqui em baixo é a nossa vez. Nosso tempo e nossa aventura e as nossas regras e planos. Mas no minuto em que subirmos no balde do Troy, estará tudo acabado."

Todos eles me encaravam de cima a baixo, como se talvez eles estivessem ouvindo pela primeira vez a melodia que eu ouvia o tempo todo. Eu tentei fazê-los ouvi-la de outra maneira.

"Olha, há uns dois anos minha mãe e meu pai entraram naquele show de variedades na TV. Lembra, Brand? A Mãe passou um mês fazendo umas roupas engraçadas. Ela era um ovo gigante. O Pai era uma frigideira. Ele ficava dizendo que íamos sair da Rua da Amargura. Então nós pegamos a estrada até Hollywood. Quando chegamos lá, eles nos colocaram nessa plateia enorme, com todas essas outras pessoas em trajes engraçados. Então um cara de batom e cabelo cheio de laquê desce as escadas. Ele caminha até nós, certo? Primeiro, ele faz a Mãe adivinhar quanto custava um limpador de vasos sanitários, e ela acerta. Então, ele faz o Pai adivinhar quanto pesa um pote de espaguete à bolonhesa, e ele acerta essa. Em seguida, ele pergunta ao Pai, "é o grande prêmio por trás da Porta Número Um, Porta Número Dois, ou Porta Número Três?" Agora, o número da sorte do Pai sempre foi o dois. Ele se casou em dois de agosto. Ele arranjou o seu emprego no dia dois de junho. Ele tem dois filhos."

"Ok, ok, nós entendemos", disse Dado, "ele escolheu a Porta Número Dois." Ele estava interessado pela história agora.

"Não, essa é a parte estranha, por alguma razão ele escolheu a Porta Número Três. Então o cara do show de variedades grita: 'Parabéns! Você acabou de ganhar cem mil...' E a porta se abriu, e esta jarra de vidro enorme aparece bem no meio do palco, cheia de... palitos. 'Cem mil palitos.'

Eles ainda estavam me encarando, esperando. Troy de repente gritou lá de cima, para nos lembrar o pé no saco que ele era. "Ei, Andy! Você vem ou não?" Ele puxou a corda, e o balde raspou pelo chão. Eu estava feliz que ele fizesse aquilo, no entanto. Ele tornou nossas escolhas ainda mais claras para mim. Andy deu um puxão na corda, meio irritada, e continuou olhando para mim, esperando que eu terminasse. Gostei daquilo.

"Então todo mundo lá no lugar ficou rindo", eu continuei. "Mesmo a Mãe e o Pai sorriram. Mas eu podia ver em seus rostos, eles sabiam. Eles nunca iam sair da Rua da Amargura. Eles estragaram a chance deles. E você sabe por quê? Porque eles não seguiram seus instintos. Eles duvidaram de si mesmos. Eles acharam que o que sabiam dentro de seus corações, e que sabiam ser verdadeiro para eles, não poderia ser a porta por trás da qual estariam as riquezas. Então eles escolheram a porta que eles acharam que deviam escolher – e eles estragaram tudo." Eu olhei fixamente para cada um deles. "É isso, pessoal. Na segunda-feira nossas salas se transformarão em buracos de golfe. Esta é a nossa última chance, e eu não quero estragar isto porque somos covardes demais para ir em frente."

Ninguém moveu um músculo, mas eu podia ver que eles estavam todos concordando por dentro. E eu sabia que, pela primeira vez naquela noite, estávamos todos juntos, realmente juntos. Troy gritou novamente. "Ei, Andy, você quer ficar aí com os Goonies? Ou você está voltando para cá, para onde você pertence? Eu não tenho a noite toda!"

Todo mundo olhou para a Andy. Sem um segundo de hesitação, ela pegou três pedras grandes e as colocou no balde. Em seguida, tirou o suéter do Troy e o empilhou em cima delas. Então ela puxou a corda três vezes, e Troy foi lentamente puxando o balde para cima.

Ela era uma de nós agora.

Nada mais havia a fazer a não ser tornar aquilo oficial.

Ouvimos o Troy xingando lá em cima e o rugido de seu *Mustang* enquanto eu fiz com que a Andy levantasse sua mão direita e repetisse comigo:

> *Eu jamais trairei meus amigos das Docas Goon,*
> *Juntos ficaremos até o mundo inteiro acabar,*
> *No céu e no inferno e na guerra nuclear,*
> *Grudados feito piche, como bons amigos iremos ficar,*
> *No campo ou na cidade, na floresta, onde for,*
> *Eu me declaro um companheiro Goony*
> *Para sempre, sem temor.*

• • •

E foi exatamente naquele momento que eu vi o primeiro. Minha pele bem repuxada, e eu gritei.

"Sanguessuga!"

"Sanguessuga!", repetiu Andy. Ela havia repetido todo o juramento perfeitamente. Então ela fez uma pausa. "Sanguessuga? Você quer dizer 'Goony', não é?"

"Eu quero dizer sanguessuga", gritei. "Em todo o seu braço! Sanguessugas!"

Todos ficaram estarrecidos. Havia inúmeras sanguessugas, pequenas, pretas e viscosas cobrindo nossos braços e mãos. Cobrindo todos nós.

Corremos em pânico para fora da água, fora da luz do luar, gritando e gritando e arrancando os pequenos ladrõezinhos de sangue. Mas eles estavam grudados. Não dava para tirá-los simplesmente sacudindo, dançando ou se contorcendo.

Mas o Dado teve uma ideia. Ele tirou de sua mochila uma bateria 20 volts e conectou dois longos fios em cada polo. Em seguida, ele se agachou diante da piscina e prendeu as extremidades dos fios dentro d'água. As sanguessugas se contorceram todas em cima dele e caíram eletrocutadas.

Dado nos chamou. Um a um entramos na água, entre os fios do Dado, e nossas sanguessugas caíram. Andy e Stef foram as últimas a sair da água. Mesmo depois que as sanguessugas delas haviam caído, no entanto, elas continuaram lá com esse tipo de sorriso frouxo e um pequeno suspiro.

Quando finalmente saíram, eu ouvi Stef sussurrando para Andy: "Eu senti tudo formigando – que sorte a minha, eu estou apaixonada por uma poça."

Aquilo a deixou chateada, por algum motivo, eu não sei, como se alguém a tivesse feito ficar com tesão e ela não quisesse. "Quem foi o responsável por isto?", ela resmungou.

Dado ergueu os dois fios da bateria com orgulho, e a Andy, zás, deu-lhe um tapa sem aviso, como se estivesse dizendo "Você nunca tente isso de novo comigo, danado!"

A batida que deu nele pôs em funcionamento uma das armadilhas do Dado – um pequeno boneco *G.I. Joe* pulou de sua camisa e atirou nela com uma minúscula arma de plástico. Ela apenas revirou os olhos.

Foi quando ouvimos os tiros. Bem lá atrás, no túnel, como tiros de revólver. Nós congelamos.

"O que foi isso?", Brand sussurrou. "O que foi esse som?"

"Minhas cápsulas de plástico", disse Dado. Ele levantou um par de suas cápsulas vermelhas. "Eu as deixei no chão lá atrás para que pudéssemos ouvir se alguém estivesse nos seguindo."

Olhamos um para o outro com uma espécie de pânico silencioso assim que entendemos a situação.

"Isso significa que alguém está nos seguindo", disse Stef.

Ninguém contra-argumentou. Nós só começamos a correr.

Dado iluminou o caminho com outro foguete de sinalização. Os túneis se contorciam em curvas, mas eles pareciam permanecer em uma subida gradual, o que significava que estávamos nos aproximando da superfície, imaginei. Por dez minutos, corremos assim, tipo, esbarrando nas paredes, com os ouvidos bem atentos atrás de nós, quando de repente viramos uma curva fechada e demos de cara correndo contra um beco sem saída. E então o foguete começou a chiar e morreu.

Dado acendeu outro, mas eu podia ver que Brand estava começando a surtar com sua claustrofobia.

"Ótimo! Um beco sem saída! Agora, o quê, hein?" Ele estava respirando muito rápido, olhando ao redor.

"Acabamos de ficar do mesmo jeito que entramos", disse Andy. Ela parecia preocupada com Brand, e estava tentando acalmá-lo.

Olhei para o mapa. Tinha de haver uma saída. "Tem que continuar – certo, Willy? Você não acabaria com isto aqui. Você sempre tem algum truque na manga..."

Brand estava realmente pirando agora. "Eu não consigo respirar, é muito apertado aqui! Vocês estão usando o ar todo! É muito apertado!" Ele estava arranhando as paredes, como se pudesse se dissolver.

Eu encontrei mais ou menos o lugar no mapa onde eu pensei que estivéssemos, e disse ao Bocão para traduzir a escrita ali.

Medalhão,
Pedras triplas,
No poente, espumas.

Olhei para o medalhão de cobre do Chester Copperpot, tinha a forma de um crânio com nariz e buracos dos olhos. "Aqui está o medalhão", eu disse. Aquilo parecia correto para mim. Eu não consegui descobrir o resto do enigma, mas continuei repassando aquilo em minha mente.

Foi quando Brand estourou. "Eu não consigo respirar! Vocês estão sugando todo o ar! Vocês sugaram tudo! Me deixem sair! Eu quero sair!" Então ele começou realmente a escalar as paredes. Ele arrancou grandes pedaços de terra, raspou camadas de musgo, arrancou raízes e puxou para baixo algumas pedras. Cara, ele queria sair dali de verdade.

Nós o agarramos e lutamos com Brand no chão, empilhados em cima dele. Quer dizer, nós não queríamos que ele se machucasse. Finalmente, ele relaxou um pouco, mas não conseguiu parar de respirar como uma locomotiva, com ênfase no "lo(u)co".

"Alguém tem um saco de papel?", disse Stef. "Nós temos que fazê-lo voltar a respirar seu próprio dióxido de carbono."

Dado apanhou sua mochila e procurou, mas não tinha um saco. Ninguém tinha um, então Stef tirou sua blusa e enfiou a cabeça do Brand dentro. Estou te dizendo, ela sabe como se virar. "Apenas inspire de volta o que você respirar", ela disse a ele. "Vai te fazer bem."

Dado desviou o olhar e Bocão riu, mas a Andy apenas olhava para a cabeça do Brand enterrada no peito da Stef e não parecia muito feliz.

Stef não estava nem aí, então ela puxou a cabeça do Brand para fora e a enfiou sob a blusa da Andy antes que qualquer um deles pudesse dizer qualquer coisa. "A Andy é provavelmente melhor equipada para isto", disse ela, sacudindo a cabeça como se todo o resto de nós fôssemos crianças agindo feito crianças.

Ainda assim, não pude deixar de pensar com os meus botões que talvez Brand não fosse tão burro a ponto de respirar rápido demais agora.

Notei a parede que o Brand tinha agarrado e escalado e fui até ela para examiná-la mais de perto. Toda a sujeira havia sido raspada, e havia apenas pedra sólida e fria ali, com um monte de estacas de metal irregulares que se projetavam para fora. Elas pareciam quase como formações naturais, mas algo me chamou a atenção. Como se houvesse um padrão ali ou algo assim. Bem, você já viu esses desenhos de computador feitos com imagens de pessoas formadas apenas por pontos, mas que se você se mover mais para trás, elas começam a se parecer com algo, e então, finalmente, você pode ver que é uma imagem de alguma outra coisa? Tipo isso. Só que eu estava naquele ponto entre uma coisa e outra, onde eu podia enxergar algo, mas eu não conseguia descobrir exatamente o que era ainda.

"Medalhão, pedras triplas...", murmurei. Segurei o medalhão e olhei através dos buracos nas estacas mais elevadas na parede. Eu não sei por que, apenas parecia haver uma conexão de alguma maneira. Como quando você está fazendo um quebra-cabeças e você vê uma peça que pertence a uma determinada parte, mas você não tem certeza de como.

"Ei, Dado, me dá um impulso", disse eu. Ele me elevou até os pinos que eu queria.

Eu coloquei o medalhão contra a parede. Algumas das cavilhas se encaixavam em alguns dos furos. Eu continuei a movimentá-lo por ali.

Os outros caras me observavam.

"O que ele está fazendo?", disse Dado. Eu sei que parecia muito estranho.

"Ele pirou", disse Bocão. "Assim como o irmão. Assim como todos nós, muito em breve. Estamos todos ficando doidos. Um por um. Muito em breve estaremos comendo os dedos uns dos outros para ficarmos vivos. Comer dedos é de lamber os beiços, todos nós perdendo as estribeiras, Deus me livre, bata na madeira." Ele bateu na própria cabeça com os nós dos dedos.

De repente ele se encaixou. Um ajuste perfeito. Assim como uma peça entrando em seu lugar, o medalhão simplesmente deslizou e encaixou seus três pinos tão confortavelmente como uma chave em uma fechadura.

Aquilo me fez suspirar, foi tão legal. Eu estava realmente no caminho – faltava descobrir o resto do enigma. "No poente... espumas... espumas... espumante..."

"Meu avô tinha um cachorro que espumou depois que foi mordido por um gambá", disse Bocão.

"E espuma de barbear?", disse Dado. Todos eles estavam na onda agora. Eles perceberam que eu estava empolgado, e queriam chegar àquele ponto comigo.

"Há espuma no mar quando as ondas quebram em uma praia", disse Stef.

Aquilo pareceu certo. "E o mar fica para o oeste", disse eu. Virei o medalhão na direção que eu pensava que era o oeste. E adivinha só – ele girou!

Girou, e os pinos viraram junto com ele, como uma perfeita maçaneta. Ouvimos todos esses sons de coisas tilintando, como engrenagens girando e trincos entrando no lugar. Cara, foi o máximo!

E então o canhão disparou. Não chegou a atirar exatamente, mas saiu rolando para fora deste buraco na parede e por essa inclinação que, obviamente, era feita para ele, e ele caiu sobre essa placa de pedra no chão – lembrava exatamente o dispositivo de bola de boliche que eu tinha inventado para abrir o portão da frente da minha casa. Foi incrível. Eu estava esperando a qualquer segundo ver algum portão se abrir na parede para nos deixar passar – e de repente abriu-se um quadrado no chão abaixo do Dado, e ele caiu como uma pedra no buraco, soltando uma espécie de grito selvagem, abismal, enquanto eu ainda me segurava, balançando, na maçaneta de pedra.

E então o grito parou.

Interrompeu-se. Chegou a um rápido final, ruim.

Eu pulei por cima do poço, para o chão.

Corremos para o buraco e olhamos para baixo. Nada além de escuridão em um eixo longo e vertical.

"Dado?", Brand chamou. "Dado?" Ele segurou a chama em direção ao buraco do poço, mas era profundo demais para que se pudesse ver o fundo. Andy ficou branca sob o brilho avermelhado da luz. "Dado! Dado!", ela gritou. Mas não houve resposta. "Ave Maria, cheia de graça...", ela começou a sussurrar.

Bocão estava sacudindo a cabeça. "Ele simplesmente caiu. Eu poderia tê-lo agarrado – eu estava tão perto... tão perto..." Ele esticou as mãos a uns trinta centímetros de distância. "Ele realmente..."

"Se foi", disse Brand, calmamente.

Para mim, deu. Bem, é só que aconteceu tão de repente, foi como se em um segundo o Dado estivesse lá, com todos nós, e no segundo seguinte ele tivesse virado pó. E foi totalmente o fim, não havia como pedir para repetir a cena. Lembro quando a vovó morreu, quando eu era criança, e eu perguntei ao Papai quando é que ela ia voltar, e ele disse que nunca, e foi triste demais aguentar saber que eu nunca mais iria vê-la de novo, então eu fugi para chorar. E agora era a mesma coisa, só que eu não podia fugir.

Então eu só chorei. Não conseguia parar. Todos estavam meio que fungando, na realidade. O Brand até deixou a Andy de lado para vir até a mim e me abraçou. Nós nos abraçamos, e isso ajudou um pouco, e eu não fiquei com vergonha de fazer aquilo. "Eu vou sentir falta do jeito como ele gritava os nomes de todas aquelas invenções bobas", eu disse. Eu o imitei: "Óculos da Morte! Antolhos Antirroubo! Cortina de Fumaça!"

E então uma voz gritou lá de dentro do buraco: "Beliscadores Perigosos!"

Nós todos gritamos de volta para dentro do poço.

"Dado! Dado!"

"Você está bem?"

"Fala com a gente!"

Ele gritou para nós. "Eu fui salvo pelos meus Beliscadores Perigosos!"

Nós aplaudimos e gritamos "u-huuu" e nos esgoelamos, mas cara, foi muito bom ouvir a voz dele.

Puxei uma corda da mochila dele e amarrei a chama a ela, baixando-a ao poço. Cerca de vinte metros de profundidade depois nós finalmente enxergamos o Dado. Seus "Beliscadores Perigosos" estavam presos a um pedaço de rocha que se projetava da parede do poço, e ele estava pendurado a eles por sua bobina adesiva, balançando para cima e para baixo a uns sessenta centímetros dessas duas coisas pontiagudas de madeira, gigantes e afiadíssimas, que saíam do chão.

Ele gritou de novo: "Ei, caras, encontrei um outro buraco... é tudo iluminado aqui em baixo!" Eu o vi colocar o pé em uma pedra próxima e se abaixar todo. E então ele ficou fora de vista. Puxei o foguete. Amarramos uma ponta da corda a um gancho em sua mochila, que prendemos a uma rocha. Então, um a um, fomos descendo pendurados na corda pelo buraco.

Quando cheguei até o nível das pontas das espigas, vi que havia um esqueleto encravado para baixo em uma delas. Parecia uma múmia gritando. Me assustou tanto que eu quase escorreguei e caí no pico seguinte.

Eu finalmente consegui, mesmo assim. Todos nós conseguimos. Nós abraçamos o Dado, ou demos um tapinha nas costas dele, ou apertamos sua mão, ou o chamamos de idiota, ou o que quer que seja. Ele apenas sorriu do jeito que faria James Bond.

Olhamos em torno para ver onde estávamos. Era uma caverna de tamanho médio, toda úmida e coberta por essas algas viscosas que cintilavam com uma espécie de brilho fosforescente esverdeado. Tinha água pingando do teto, vindo dessas paradas de estalactites, e nos cantos agrupavam-se esses corais escuros, ásperos. Eu não tinha certeza, mas achei que dava para ouvir o oceano de algum lugar distante – uma espécie de vush baixo, vush, vush, como o som de carros em alta velocidade sobre a rodovia à noite, sobre a colina perto da janela do meu quarto.

A janela do meu quarto – tudo isso parecia ter ficado no passado. Eu me perguntava se eu jamais tornaria a ouvir a rodovia daquela janela novamente. Ela já parecia uma memória de infância.

Em uma extremidade da caverna havia três túneis, um ao lado do outro. E sobre a outra extremidade estava recostado um esqueleto em ruínas, apontando para eles. Ele estava vestido com roupas de pirata rasgadas, esfarrapadas. Nós o observamos de perto. Ele tinha um grande sorriso distante na face e um punhal através de um olho. Bem doido.

Bocão riu nervosamente. "Ei, toda essa água escorrendo me faz lembrar de algo que eu não faço há um bom tempo – vou dar uma olhada no banheiro dos homens." Ele entrou no túnel da esquerda.

Brand foi em seguida enquanto Stef e Andy foram para o "banheiro das mulheres", no túnel à direita.

Eu não tinha que ir, então só fiquei ali, olhando para as três entradas. Eu estava absolutamente certo de que uma delas levava a um tesouro, a outra a uma jarra cheia de palitos, e a terceira a...

Eu olhei para o esqueleto pirata com a faca enfiada em seu olho. Aquilo me deu calafrios. Meus ossos tremiam. Era aquilo que significava o velho verso do pirata? Olhei para onde sua mão estava apontando. Parecia apontar mais para o túnel três. Tinha que ser o túnel do meio, porém, não é? Será que a história não estava se repetindo ou algo assim? Tal como o Papai, quando teve a oportunidade de seguir seus instintos, e ele não fez isso e perdeu, e agora aqui estavam as mesmas três portas, certo?

"Tudo está por trás da segunda porta", eu sussurrei.

"Talvez sim", disse Dado. "Talvez não."

Eu ouvi Andy chamar lá de dentro do túnel do lado direito. "Brand!" Soava tranquila. "Brand, depressa." Mas Brand ainda não tinha voltado. "Eu vou ver o que ela quer", eu disse, e entrei pela passagem. Era escura e sinuosa, e eu precisei tatear meu caminho ao longo da parede. Eu esperava que ela não tivesse torcido o tornozelo ou qualquer coisa – aquilo realmente iria nos atrasar. Então percebi que eu não tinha ouvido a Stef, daí fiquei ainda mais nervoso, porque talvez ela tivesse caído em um poço ou algo assim, ou tivesse sido esmagada por uma pedra, ou uma criatura estranha a tivesse levado, ou...

Eu dobrava a esquina seguinte, minhas mãos na parede na escuridão total, sentindo mais e mais medo, quando minha mão pousou sobre algo macio e quentinho. Eu nunca sentira aquilo antes, mas eu soube imediatamente o que era. Era um seio.

Em um segundo a Andy me puxou para perto e sussurrou: "Oh, Brand", e colocou seus lábios nos meus e me beijou com a boca aberta.

Ela não se afastou, também. Ela não parava de beijar, o mesmo beijo longo. Eu abri a minha boca. Primeira vez que fazia aquilo, também, exceto por aquela vez em que eu comecei a fazer com a Cheryl Hagedorn e nossos aparelhos se engancharam. Mas isto não era nada parecido com aquilo.

Andy enfiou a língua na minha boca e meio que a deslizou por toda parte em torno dela. Foi muito estranho, mas eu gostei. Bem, eu acho que eu nunca tive nada dentro da minha boca que me desse a sensação que a língua dela estava me dando. Mesmo a minha língua não me dá toda aquela sensação.

Então eu percebi que tudo estava acontecendo dentro da minha boca, então eu coloquei a minha língua dentro da boca da Andy e meio que a deslizei em torno de sua língua, e ela começou a fazer esses ruídos como gemidos. Minha mão ainda estava em seu peito, e eu pressionei um pouco mais forte, mas eu não a movi muito em torno dele. Eu estava com medo de que ela pudesse ficar brava e me mandasse parar, ou contasse ao Brand, e então ele faria com que eu me arrependesse à beça. Ela não parecia se importar que eu pressionasse, no entanto. Então, eu fiz isso com a minha outra mão em seu outro peito também.

E por apenas alguns segundos lá, eu esqueci totalmente do Willy Caolho.

Por fim nos separamos e ela se recostou à parede, como se estivesse com falta de ar, mas parecia que ela estava sorrindo.

De repente, a Stef veio de outra direção e parou quando me viu, meus olhos estavam acostumados à escuridão e então pude vê-la, e acho que ela podia me ver. Andy poderia ter visto, também, mas ela ainda estava com os olhos fechados. Stef pareceu surpresa, mas acho que ela descobriu o que havia acontecido bem rápido, porque ela me deu uma piscadela. Às vezes, a Stef era como um dos rapazes. Eu pisquei de volta para ela, e eu esperava que isso significasse que este era nosso segredo. Então eu saí devagar, de volta para a caverna principal. Assim que saí da vista das meninas, ouvi a Stef sussurrar para a Andy.

"Ok, você o beijou – agora conta."

"Bem", disse Andy, "ele não é o que parece. Ele é... cuidadoso. E sensível. E muito, muito doce. Mas tem algo de estranho."

"O que é?"

Parei para que eu pudesse ouvir melhor.

"Eu acho que ele usa aparelho", disse ela.

Passei minha língua sobre os arames em meus dentes da frente. Por um minuto, com a Andy, eu tinha esquecido de que meus dentes não eram perfeitos.

"Da próxima vez", ouvi a Stef dizer, "você tem que beijar com os olhos abertos. É uma experiência totalmente diferente."

"Bem, se alguém entende dessas coisas é você", disse Andy. "Eu não estava interessada em assistir, embora – só pensei que, se este ia ser o meu último dia na terra, queria que Brand fosse a minha última refeição."

"Sim, bem, eu não quero que este seja o meu último dia, então um dia eu vou te contar um segredo sobre isto."

"Como assim?", disse Andy.

"Quero dizer que maçãs são mais saborosas quando não estão bem maduras."

"Hein?"

"Não importa. Vamos voltar."

Ouvi as duas começarem a se aproximar de mim, então eu corri de volta para a caverna.

Todos os caras já estavam lá novamente, reunidos em torno do esqueleto do pirata, e alguns segundos depois, Stef e Andy se juntaram a nós. A lanterna do Dado estava funcionando novamente. Bocão olhava o braço do esqueleto que apontava para os túneis.

"Então, vamos sair daqui ou o quê?", disse Brand. Andy facilitou para Brand e colocou seu braço em volta da cintura dele. Ele pôs o braço em torno de seu ombro. Isso me fez sentir meio engraçado – meio mal e meio bem, com ciúmes do Brand, mas orgulhoso do meu segredo, também. Stef não olhou para mim, e eu não olhei para ela.

Bocão disse a todos: "Bem, este braço está apontando para a Porta Número Três, então é por ela que vamos e aí a gente arrebenta". Ele foi até o túnel da direita. Os outros o seguiram.

Eu só fiquei ali parado por um segundo, olhando para aquele bucaneiro mumificado... e de repente tive uma ideia. Era como uma melodia na minha cabeça novamente. Ela começou muito bonita, tocando assim como uma daquelas músicas que ninguém podia ouvir, apenas eu. Lembrei do Gordo dançando com aquela melodia que a *jukebox* silenciosa do Salão do Farol tocava... quando foi que aquilo aconteceu? Hoje cedo mesmo? Parecia coisa de um ano atrás. Gostaria de saber onde estava o Gordo agora. Será que ele tinha chegado até a polícia? Ou ele estava preso em algum lugar? Será que ele...

Enfim, eu tive uma ideia.

"Ei, pessoal! Esperem!", gritei.

Todos pararam e olharam para mim.

"Então, esse cara tem uma faca enfiada em seu olho, certo? Daí, é como se tivesse apenas um olho, assim como o Willy Caolho. Certo?" Todos concordaram. Eu continuei. "Pois se você só tem um olho, você meio que vê as coisas de uma maneira diferente..."

Olhei o braço do pirata esticado, primeiro fechando um olho, depois o outro. Isso fez com que o braço apontasse para dois túneis diferentes. Quando fechei o olho no qual o punhal estava enfiado no esqueleto, seu braço parecia apontar para o túnel do meio.

Todos se reuniram em volta de mim e automaticamente fizeram a mesma coisa.

"É o túnel do meio", disse Brand. "Porta Número Dois."

Bocão teve que concordar. Então, sem mais discussões, todos se encaminharam para a entrada do meio, Brand liderando com a lanterna.

Mas depois de alguns passos me lembrei do Gordo. E se ele não tivesse encontrado os policiais, mas em vez disso tivesse voltado aqui atrás de nós? Ou se ele tivesse encontrado os policiais e eles todos estivessem procurando por nós? Nós precisávamos dizer para onde estávamos indo. Nós precisávamos deixar um sinal para eles.

"Esperem um minuto, rapazes", eu disse, e corri de volta para a caverna principal.

Eu queria deixar um rastro para o Gordo que ele pudesse seguir, mas ninguém mais poderia, se mais alguém que não quiséssemos por perto viesse atrás de nós.

Então eu vasculhei meus bolsos e pesquei um canivete, um elástico, uma embalagem de chiclete, três cartões de beisebol, alguns lenços de papel usados, a embalagem de *Twinkie*, um tíquete de cinema do último sábado, e metade de um alcaçuz vermelho.

Então risquei o número um no chão em frente ao túnel à esquerda, dois em frente ao do meio, e o três em frente ao do lado direito. E então deixei cair a embalagem do bolinho perto do pirata. Imaginei que o Gordo saberia que há dois *Twinkies* em cada pacote, e iria para o Túnel Número Dois. Enfim, foi aquilo que eu imaginei.

Me levantei para voltar para dentro do túnel e quase pulei para fora da minha pele. Havia dois grandes buracos circulares na rocha, bem no alto, um de cada lado do túnel do meio. Eu não havia notado antes, mas com a luz acesa dentro da passagem, agora, ele brilhou para mim através destes furos e através da entrada – e com os outros dois túneis ao lado, tais como bochechas ocas, toda a parede se parecia com um crânio gigante, com duas cavidades oculares acima, e o túnel do meio um enorme buraco de nariz. E agora quase todos os amigos que eu tinha no mundo estavam dentro do crânio.

Eu corri pelo buraco do nariz para me juntar a eles.

A HISTÓRIA
DO GORDO

CAPÍTULO
VI

Pensar no Gordo me faz lembrar de que ele estava encarando uma bela aventura só dele enquanto passávamos por tudo aquilo, mas só fui saber disso muito tempo depois. Agora seria um momento ideal para narrar a história dele, acho. Então eu vou contar, do jeito que ele me contou. E foi assim que ele contou:

"Da última vez em que eu vi vocês, a gente estava na sala de falsificação, no porão do Restaurante do Farol, e os Fratelli voltando, e tinha um cara morto congelado no chão e pensei que estava tudo acabado para a gente e eu não ficava assim tão assustado desde que tive que lutar contra aquele lobo perto de Vancouver.

"E então vocês me enfiaram dentro do freezer com o cadáver e fecharam a porta. Eu não consegui acreditar em vocês! Quer dizer, tentei gritar, mas minhas cordas vocais estavam congeladas e eu não podia fazer som algum. E esse maldito cadáver ficava deslizando para cima de mim, então eu estava lá, encarando o rosto dele, que, se você se lembra, tinha três olhos por conta do buraco de bala entre os olhos normais.

"Então, a porta do congelador se abre e estou prestes a xingar vocês, só que percebo que é o Jake quem está na porta. Daí fico bem quietinho até que ouço eles saírem, e logo caio fora de lá.

"Então, ouço vocês chamando de dentro da lareira, certo?, a lareira, caramba. E eu digo para vocês me deixarem entrar. E aí o que você me diz? Vai dar um passeio. Bem, muito obrigado. Fico sentado feito um alvo perfeito ali, e meus melhores amigos não vão me puxar com uma corda quando virem eu me emburacar outra vez. Grandes amigos.

"Então ouvi a gangue Fratelli novamente, mas como eu sou um cara engenhoso, pulo para a janela em um único salto, deslizo furtivamente através dela como um furão... e estou livre. Eu não sei por que vocês não pensaram nisso.

"Daí, então, agora estava eu do lado de fora, e era noite e estava frio, e eu estava com um medo danado, e logo comecei a correr. Isso me lembra de quando participei da Maratona de Portland. Claro, isso foi antes de eu ter o meu, você sabe, o meu problema de peso, nunca fui oficialmente cronometrado mas era um atleta muito bom, principalmente na corrida. Então tento manter isso em mente enquanto saí em disparada fugindo do farol. Corri pelo cemitério, que não é nenhuma molezinha, corri pela floresta, corri até o morro, atravessei todo o caminho até a maldita estrada antes de me lembrar que tínhamos bicicletas lá e que eu poderia ter ido pedalando. Mas na hora estava com muito medo de voltar, então só continuei correndo.

"Devo ter corrido dez minutos antes de um carro finalmente aparecer. Aí fiquei bem na frente dos faróis e balancei os braços para sinalizar que ele parasse, até que, finalmente, parou em minha frente, e esse cara sai, só que não pude vê-lo muito bem por conta dos faróis ofuscando os meus olhos. Então o cara diz: 'Alguma coisa errada?' Aí eu digo: 'Olha, senhor, eu preciso de uma carona. Meus amigos e eu acabamos de encontrar com umas pessoas realmente cruéis, você deve ter ouvido falar deles, a gangue Fratelli. E nós encontramos o esconderijo deles, então será que você poderia me dar uma carona até a delegacia de polícia...'

"Enquanto isso, fui andando até o carro e falando, e assim que passei pelos faróis ofuscantes, vi que o carro era o mesmo maldito carro do farol, com todos os buracos de bala nele. Pensa só em como me senti estúpido. Gente!

"Então, olhei para cima, e juro que era o Jake Fratelli que está ali de pé, com o Francis logo atrás dele. Eu me viro para correr, e, se sou rápido, eles são ainda mais, aí antes que eu percebesse eles me agarraram e me enfiaram no porta-malas do carro, e fiquei uivando, mas não havia ninguém mais por ali.

"Exceto o mesmo maldito cadáver do FBI ao meu lado. Mas, claro, ele não estava ouvindo nada. Então saímos para uma curta, dolorosa e sacolejante viagem de volta ao esconderijo, e eles me levaram para o porão novamente, justo para a sala de falsificação. Onde a Mama estava esperando. Ali mesmo queria saber alguma oração, mas como não sei, sorri da melhor maneira que consigo e esperei que talvez eles simplesmente me sequestrassem e me adotassem como seu filho fora-da-lei e que eu pudesse me entregar durante o nosso primeiro assalto. Mas eles não queriam me adotar. Eles só queriam me torturar.

"Aí eles me amarraram em uma cadeira dura com um velho cabo de extensão, e Jake apontou uma arma para a minha cabeça. Nossa, minha mãe nem mesmo permite que a gente tenha uma arma em casa. Isso dificultou tudo para mim quando tive que desarmar aqueles dois gatunos na véspera do Ano Novo, quando meus pais estavam no balé. Os caras tinham subido pela janela do banheiro do segundo andar, mas eu os ouvi da sala de estar, e sabia que eles teriam que passar pelo armário de roupas de cama em direção às joias da mamãe, então me escondi ali e, quando eles passaram, joguei uma dessas toalhas enormes sobre suas cabeças e acertei eles com o balde cheio de desinfetante.

"Mas, de qualquer forma, não havia maneira alguma de eu conseguir pegar as armas dos Fratelli agora, porque eles me amarraram em um segundo, e fiquei pensando: isto não está acontecendo.

"Então a velha senhora colocou um liquidificador em cima da mesa bem na minha frente e o ligou no botão de LIQUEFAZER e enfiou uma berinjela dentro, e todos nós assistimos a berinjela se transformar em mingau. Ouvi a Mama dizer: 'Primeiro, vamos começar com os seus pequenos dedos rechonchudos, em seguida, suas mãos pequenas e redondas, depois, seus braços carnudos...' Nossa, queria vomitar só de pensar nisso.

"Aí ela desliga o liquidificador e diz: 'Agora você vai me dizer onde seus amiguinhos estão?'

"'Na lareira!', digo a ela em cerca de três décimos de segundo. Quer dizer, sem ofensa, cara, mas eu só falei porque estava me cagando de medo.

"Mas, foi o seguinte: ela não acreditou em mim! 'Não minta para mim, rapazinho!', diz ela. 'Sério', eu digo, 'nós temos este mapa do pai do Mikey, que diz que debaixo deste lugar existe um tesouro enterrado, daí –'

"'Não me venha com nenhuma dessas suas histórias de merda', diz Jake, e começa a me sacudir. 'Nós queremos a verdade! Pode começar a cuspir o que sabe, menino!

Conte-nos tudo! Tudo!' Ela gritava e me sacudia, e não sabia o que ela ia fazer, e eu estava dizendo a verdade, mas tinha que fazê-los acreditar em mim, então acho que quando ela diz para eu contar tudo, tenho que contar tudo. Então conto: 'Ok, ok, vou contar. No terceiro ano, eu colei na prova de história, na quarta série, roubei a peruca do meu tio e colei no meu rosto quando fiz o papel de um dos sábios da nosso peça da escola de Natal, e aí, na quinta série, empurrei meu irmão escada abaixo e botei a culpa no cachorro...'

"Continuo assim por um tempo e eles ficam me olhando como se eu fosse um louco, e então comecei a passar mal de verdade, e a lembrar de coisas que fiz de que me envergonho, coisas que nunca contei a ninguém antes, como quando misturei vômito falso feito de sopa de ervilha, molho de soja e grãos de milho e escondi aquilo em uma lata na minha jaqueta e fui ao cinema e me sentei no mezanino, na primeira fila, e fiz esses ruídos bem alto de quem está vomitando e joguei tudo sobre um grupo de pessoas na plateia, o que fez com que eles começassem a ficar enjoados e a vomitar uns sobre os outros. Nossa, foi horrível, eu nunca me senti tão mal na minha vida... Então, estava contando tudo aos Fratelli e isso fez com que eu me sentisse tão mal que comecei a chorar feito um bebê. Dá para acreditar? Quer dizer, você acredita?

"De qualquer forma, a velha Mama só me olhava com tanta raiva que seus olhos chegavam a ficar vesgos, e ela segurou meu queixo entre o polegar e sua primeira junta, assim como a tia Rose costumava fazer, só que a Mama apertava como se ela estivesse tentando espremer suco, e diz: 'Moleque, você é um grande mentiroso, nem sabe a diferença entre hoje e anteontem! Olha, garoto, ainda não ouvi o que eu queria. Agora, onde estão os seus amigos?'

"Eu não sabia mais o que dizer para fazê-la acreditar em mim, então apenas digo: 'Eu te disse, na lareira. Eles tiraram os tocos de madeira, e em seguida, a grade, e então se arrastaram por alguma passagem secreta...'

"E ela diz, totalmente sarcástica: 'E então suponho que eles colocaram a grade e os tocos de volta e acenderam o fogo de novo do lado de dentro... Conte isso direito, rapaz! Ou você vai ficar sem pé nem cabeça, que nem essas histórias que está contando!'

"'Sim, certo, foi assim mesmo', eu digo, mas não achava que ela tivesse realmente compreendido. De jeito nenhum. Ela se vira para o Francis e diz: 'Aperta o botão PURÊ'. O Francis pega o liquidificador e aperta o botão, e o liquidificador começa a transformar a berinjela em espuma, e a Mama diz: 'Eu vou saber a verdade agora ou você vai ser o novo ingrediente do Peixe Surpresa?'

"Então ela pega a minha mão e a pressiona sobre o liquidificador. Comecei a gritar. Eu chorava. Estava fazendo acordos com Deus, do tipo 'deixa eu sair só dessa e eu vou para o templo todos os sábados, ou simplesmente faça com que eles desapareçam e eu vou levar o lixo para fora todos os dias do ano'. Coisas assim. Mas eles continuavam empurrando os meus dedos para perto das lâminas. Acho que pelo menos agora eu ia arranjar uma desculpa para abandonar de vez as aulas de violino.

"Mas, de repente, houve um estrondo, como o ruído de um liquidificador do tamanho do estado de Rhode Island vindo da lareira. Meu primeiro pensamento foi: 'Nossa, talvez um monstro realmente grande vá jogar todos nós dentro de um liquidificador enorme'. Mas então os tocos de madeira e a grade explodiram para fora da lareira e quicaram sobre o chão, e aí um bando de morcegos, não é mentira, quer dizer, uma revoada enorme deles salta para fora do buraco da lareira no chão e fica voando em redemoinhos ao redor da sala do jeito que você sonha quando come pizza perto da hora de dormir, e então eles finalmente pousaram nas vigas, onde estava escuro, e Francis correu para o buraco na lareira, olhou e disse: 'Ei, o moleque não está de sacanagem'.

"Sem sacanagem, diabos. Eu estava ali me cagando de medo. Mas aí sou salvo por esses morcegos. Esta é a segunda vez em que sou salvo por morcegos. A primeira foi na torre do velho sino, na estrada de Lynch. Eu estava lá com uma rede para tentar pegar um monte deles porque tinha ouvido dizer que a universidade estava fazendo experiências com eles e pagando cinco dólares por cabeça, então eu tinha um saco cheio de morcegos. É muito fácil apanhá-los de dia, porque eles estão dormindo, mas aí eu caí da maldita torre, e gritei tão alto que acordei os morcegos do saco que estava carregando, então eles começaram a voar e transformaram o saco numa espécie de balão flutuante, o que suavizou a minha queda. Aí deixei todos irem embora. Quer dizer, era o mínimo que eu poderia fazer depois de eles terem salvo a minha vida, mesmo que eles não soubessem.

"Então, como eu dizia, os Fratelli estavam se dando conta de que esses morcegos deviam ter vindo de *algum lugar*, então percebem que não sou tão burro assim, afinal.

"Aí eles verificaram e descobriram que tinha uma passagem por lá, e eu estava tão feliz que nem pinto no lixo. Mas então a Mama abriu o armário e pude ver que estava cheio de armas e mais armas. Todos eles tinham uma. Então a Mama diz: 'Se encontrarmos essas crianças, lembrem-se, sem testemunhas – não deixaremos nem um peido para contar a história'.

"Então ela solta uma risada que soou como um cacarejo, como algo saído de 'Caverna do Dragão', e não estou mentindo, ela aponta a arma para a minha cabeça. Tudo de uma vez, tudo o que eu já comi, passa feito um *flash* diante dos meus olhos, mas depois ela abaixa a pistola. 'Talvez seja melhor mantê-lo vivo', diz ela, 'apenas para o caso de ele estar mentindo. Coloca ele junto com o seu irmão.'

"Aí o Jake começa a levantar a cadeira em que estou amarrado, mas o dobrão cai do meu bolso. A Mama o apanha, morde e observa bem de perto. Mas ela não conseguia entender o que era. 'O que é isso, um desses brindes que vem em caixas de cereal?', diz ela.

"'Nós o encontramos junto com o mapa', digo a ela. 'Tem alguma coisa a ver com o tesouro enterrado.'

"A Mama o entrega ao Francis. 'Você diz ser o especialista em cunhagem', ela diz.

"Ele o estuda com muita atenção, ainda mais do que ela. Seus olhos ficam enormes. 'Devo estar é doido', ele diz.

"'Mas é claro', diz a mãe, 'qual é a história desta moeda?'

"'Vê esta marca aqui?', ele mostra a ela. 'Isto aqui é a marca do William B. Pordobel, mais conhecido como Willy Caolho.'

"'Ouvi falar dele', diz Jake.

"Francis concordou com a cabeça, bem devagar. 'Willy Caolho era um dos piratas mais inventivos do século XVII. O cara começou como um bobo da corte, mas foi banido de cinco cortes espanholas por causa de suas histórias sem noção e das peças que pregava nas pessoas.'

"'Você ia gostar dele, Ma', disse Jake, e todos riram.

"Mas Francis continuou falando: 'Então o Willy formou esse bando de piratas, e eles partiram em um navio chamado Inferno. Willy e os seus homens saquearam centenas de navios do rei, acumularam uma fortuna, um tesouro no valor de milhões. Em seguida, diz a lenda, três navios do rei o perseguiram cada vez mais longe em direção ao norte, até chegarem a esta área, e, enquanto estava sendo atacado, Willy dirigiu sua embarcação para dentro de uma enorme caverna, escondida no subsolo, que os navios da Marinha conseguiram fechar com tiros de canhão. Willy e os sobreviventes passaram os dois anos seguintes se escondendo e reparando o Inferno. Eles exploraram todas as catacumbas naturais e cavaram novos túneis, enchendo todos eles de armadilhas para proteger o tesouro e evitar ataques. Um de seus homens escapou para contar a história, e ela tem sido transmitida de geração a geração há mais de 300 anos'.

"'E como é que você sabe tanto sobre isso?', diz a Mama.

"'Willy derreteu todo o ouro que roubou e cunhou suas próprias moedas', Francis respondeu. 'E esta é uma delas, e sei disso porque é disso que entendo, Mama.'

"'Bem, você coloca este gordo com o seu irmão', ela diz, 'depois vamos ver se podemos encontrar algumas crianças bisbilhoteiras e talvez alguma prata para nós.'

"Então ela começou a descer pela passagem sob a lareira, segurando uma arma e uma lanterna, enquanto seus dois filhos me empurravam para fora da sala, pelo corredor e através da porta até o próximo quarto. O quarto de onde ouvimos os grunhidos antes.

"Aí esse cara está ali sentado, de costas para a porta, um sujeito meio brutamontes, e estava assistindo a TV com o rosto a cerca de dois centímetros da tela. Algum filme tipo de espadachim com todo mundo acusando todo mundo e puxando espadas e exigindo satisfação. Eu gostaria de pedir um pouco de satisfação também, mas não tive sorte. Jake e Francis me colocaram ao lado dele, mas ele nem percebeu, tão louco que estava pelo filme. E não podia ver exatamente o seu rosto, porque ele estava virado em direção à tela.

"Jake diz: 'Ei, não se sente tão perto da tela, vai derreter o seu cérebro', e então ele e Francis riem e saem.

"Aí esse cara e eu só ficamos ali sentados, encarando esse filme por cerca de uns cinco minutos, e fui ficando meio nervoso e imaginando o que ele estaria pensando sobre aquilo, porque, para dizer a verdade, o filme não era tão bom, então achei que não havia mal algum em fazer amizade com o cara, então sorrio e digo: 'Oi, como vai? Meu nome é Lawrence. Mas todo mundo me chama de Gordo. Acho que é porque eu como muito recheio de *Twinkie*...'

"E, de repente, esse cara se vira para mim, soltando um rosnado tenso. Inacreditável. Sua cabeça é deformada, e seus olhos estão nos lugares errados, e ele tem essas orelhas venusianas e um pedaço de cabelo na parte superior de seu crânio pontudo e um nariz feito marzipã e lábios de borracha com saliva escorrendo pelo queixo e dentes tortos e amarelados, e fiquei totalmente enojado.

"Eu grito. Me engasgo. Tento ficar de pé. Tento desmaiar. Não rola. Parece que ele está prestes a arrancar o meu coração. Mas, em vez disso, ele abre a boca. E não estou zoando você, mas ele sorri. E, em seguida, ele ri. Pelo menos eu acho que foi uma risadinha.

"Quer saber mais? Acho que ele gostou de mim.

"'Então. Qual é o seu nome?', digo. Aí ele aponta para esta página de revista velha pregada na parede, acho que era da *National Geographic* ou algo assim. E é uma foto desse animal pré-histórico peludo enorme sendo comido vivo por um tigre dente-de-sabre, enquanto ambos estão caindo nesse poço de piche borbulhante, e a legenda abaixo da imagem diz: 'Preguiça gigante, pesada demais para escapar ao piche, fornece uma última ceia para o feroz dente-de-sabre, que ainda não percebe o seu próprio destino'.

"Então ele aponta para a preguiça gigante e depois para si mesmo, e surge esse olhar em seu rosto, um misto de orgulho e vergonha ao mesmo tempo, e ele diz, meio grunhindo, 'Sloth'. E ele bate em seu peito umas duas vezes e repete, 'Sloth'.[1]

"Então olho mais de perto a foto, e sabe? – existe uma certa semelhança de família entre eles.

"Aí ele muda de canal e encontra Craig Claiborne[2] fazendo um bolo com cobertura de chocolate, e fica assistindo aquilo por algum tempo. E, juro, não sabia como eu estava faminto até ver o velho Craig derramando cobertura cremosa sobre camadas duplas, com cerejas enormes feito uma papa no recheio. Então minha boca começa a salivar, não consigo me controlar nem tirar meus olhos da TV. Então nós dois ficamos sentados lá, colados à tela, e estava começando a gostar um pouco desse cara, quer dizer, ele não é de fato um cara mau e nós estávamos tipo curtindo esse programa, e, de repente, ele se vira para mim e fala como se tivesse uma esponja de aço dentro da boca. 'Choocooolaaaate!' Ele sorri novamente.

"Aí eu sorrio de volta. Este cara é legal. Quer dizer, não confio em ninguém que não gosta de chocolate. E então lembrei de outra coisa – eu tinha uma barra de chocolate no meu bolso de trás. Minhas mãos estavam atadas, mas deu para movimentar meus dedos e cavar o bolso. Então foi isso que fiz, e consegui tirar essa barra de chocolate esmagada entre dois dedos.

---

1 Sloth traduz-se como preguiça, ou bicho-preguiça.
2 Crítico gastronômico, escreveu para o *The New York Times* e participou de programas de culinária na televisão.

"Aí mostro ao Sloth, e ele me irradia um sorriso enorme, e grita 'Baby Ruth! Baby Ruth!'[3] Foi uma visão emocionante, só digo isso.

"Então joguei a barra de chocolate, mas não consegui mover meu pulso muito bem, daí ela aterrissa no chão entre nós. E eu não posso pegá-la porque estou amarrado nessa cadeira, e ele não pode chegar até ela porque está acorrentado à parede e o chocolate está fora de seu alcance. Então ele começa a rosnar e a choramingar – quer dizer, ele estava chateado. Ele começa a puxar da parede as correntes presas às suas pernas. Nada acontece a princípio, mas ele grunhia e fazia um esforço absurdo e puxava à beça, e logo a parede começa a ceder. O cimento racha e se esfarela, as placas rangem. Os parafusos saltam da parede e as correntes caem no chão. E o maluco está livre.

"'Nossa, senhor', eu disse, 'você é ainda mais faminto do que eu.'

"Ele apenas ri, porém, um pouco como um chiado e, com uns dois bons puxões, abriu os ferros que estavam em torno de seus pulsos também. Então, agora as correntes estão balançando de seus braços e pernas, e ele vai até o chocolate. Ele divide o *Baby Ruth* em dois e devora metade dele com papel e tudo.

"Eu ainda estou amarrado à maldita cadeira. Aí você sabe o que ele fez? Colocou a outra metade da barra de chocolate na minha boca. Cara, nunca provei algo tão bom.

"Então ele se levanta sobre mim, e, juro por Deus, ele deve ter uns dois metros de altura. Não, sério. Ele me assustou tanto que parei de mastigar. Então ele me pega e, por

---

[3] Nome da barra de chocolate muito popular nos Estados Unidos. Não confundir com o jogador de beisebol do início do século XX, Babe Ruth.

apenas um segundo, achei que fosse morrer. Ele me agarra pelos ombros, me levanta junto com a cadeira até que o meu rosto fique bem de frente ao dele, tão alto que parece que eu estava voando, me segura ali por alguns segundos, e então – agora saca essa – ele me dá um beijo nos lábios.

"Agora, não me interpretem mal, não é nada pervertido ou coisa parecida. É como se ele estivesse tentando fazer amizade. Quer dizer, aquilo meio que me assustou de início mas depois ele jogou a cabeça para trás e riu, realmente afável. A coisa é que o hálito dele cheirava a vestiário durante a temporada de futebol. Então eu disse isso a ele. Aí ele me largou.

"Então a cadeira quebrou ao cair no chão e eu fiquei de pé, livre como um pássaro. Mas antes que eu pudesse fugir, Sloth pega a minha mão e me puxa para fora, pelo corredor, e de volta ao primeiro quarto.

"Não tinha mais ninguém lá na hora. Achei logo que eles tinham entrado na passagem debaixo da lareira. Sloth corre para o freezer, abre, sorri para mim meio acanhado e diabólico ao mesmo tempo, e diz: 'Bisteca'. Então ele puxa este saco de plástico congelado para fora e tira um bife espesso de dentro do saco, e está congelado, cara, sólido feito granito, mas ele nem se importa, dá uma mordida enorme na coisa e começa a mastigar como se fosse um *Doritos* ou algo assim.

"Então ele o estende para mim, como se estivesse me oferecendo uma mordida. Sou mesmo educado, você sabe. Acho que ele não é o tipo de cara que você queira insultar. 'Ah, não', eu digo, todo sorridente, 'pode comer. Prefiro os meus bifes menos crocantes.'

"Ele apenas dá de ombros e termina de comer o bife, ossos e tudo. O cara tem muito o que aprender sobre boas maneiras. Enfim, noto que há um telefone sobre a mesa, então eu o apanho e disco para a polícia. Quer dizer, que sorte, finalmente. Então o Xerife atende. 'Olá? Xerife?', eu digo. 'Estou no velho Salão do Farol e, bem, eu gostaria de relatar um... primeiro, há um assassinato. Na verdade, dois assassinatos. Além disso, nós encontramos o esconderijo daqueles caras, os Fratelli. Então –'

"'Espere um minuto, espere aí', ele diz. 'É você de novo, Lawrence?'

"Bem, você pode imaginar que fiquei um pouco envergonhado por ele ter reconhecido a minha voz, mas eu disse: 'Ah, sim senhor, sou eu'.

"Então ele respondeu todo rude: 'Quando diabos é que você vai parar de me encher o saco? Vou ter que chamar a sua mãe de novo?'

"Enquanto isso, Sloth devora um peru congelado inteiro. Ele quebra uma das pernas, mas era gelo sólido, de modo que desliza de sua mão, voa através do quarto e salta para a lareira. Aí ele a persegue – tenho a impressão de que a coxa é a sua parte favorita.

"Mas ainda ouço o Xerife zombando de mim no telefone, então digo: 'Mas, Xerife, desta vez estou dizendo a verdade'.

"'Claro', ele diz, 'como quando você me disse que cinquenta terroristas iranianos haviam tomado cada churrascaria na cidade.'

"'Ok, admito que aquilo foi uma brincadeira', digo. Então ele começa a reclamar novamente, bem na hora em que o Sloth estava enfiando a cabeça no buraco da lareira para procurar a perna do peru. Mas ela não estava lá, acho, porque ele emitiu esse rugido dentro do buraco que soou como um elefante no cio. Então, cerca de dois segundos depois, os ecos do rugido retornaram da passagem. Assim, o grandalhão pula para trás como se a sua mãe tivesse gritado com ele ou algo assim, e então ele ri. Em seguida, ele coloca a cabeça lá dentro e ruge outra vez, e, claro, ecoa de novo, e ele ri ainda mais. Acho que ele pensa ter encontrado outro amigo lá que fala a língua dele ou algo assim.

"De qualquer maneira, o Xerife estava começando a soar como um disco quebrado, então tento ser simpático e sincero e outras coisas. 'Honestamente, Xerife, você tem que acreditar em mim.'

"'Eu tenho?', ele diz. 'Assim como naquela última brincadeira sobre todas aquelas pequenas criaturas que se multiplicam quando você joga água sobre elas?'

"Você pode ver que não estava chegando a lugar nenhum. Quer dizer, só porque exagero um pouco de vez em quando e ele não tem aquela coisa de palpite da polícia para saber quando estou realmente falando a verdade. E, além disso, o Sloth está começando a descer pela passagem embaixo da lareira, e eu não queria ser deixado sozinho ali, no caso de os Fratelli aparecerem de novo, então digo: 'Xerife, espere um minuto', e grito para o Sloth: 'Espera! Volta aqui! Ei!' Mas quando me mexo para ir em direção ao Sloth, acidentalmente arranco o telefone da parede. Equipamento vagabundo.

"Sloth estava agora debaixo do porão, perseguindo o seu eco, ou talvez estivesse apenas atrás da coxa do peru. Então decidi seguir junto com ele. Quer dizer, acho que disse ao Xerife onde estávamos, é tudo o que pude fazer. Se acabássemos desaparecendo, pelo menos ele ia saber por onde começar. Além disso, tenho medo de ficar sozinho, e não sabia para onde ir. E, além do mais, estava preocupado com vocês, e queria descobrir onde vocês tinham ido. E, além disso, estava começando realmente a gostar desse cara, o Sloth, e não queria que ele se metesse em nenhuma merda, porque tinha medo de ele não ser lá muito inteligente. Quer dizer, provavelmente é apenas uma deficiência de aprendizagem ou algo assim, o cara provavelmente só precisa de aulas particulares.

"Então desci pela passagem com uma lanterna que encontrei no armário. Pensei em levar uma das armas também, mas acho que a minha mãe me mataria se descobrisse e, além disso, provavelmente estouraria um dos meus dedos.

"Sloth estava fuçando na sujeira, e vinha roendo a coxa de peru, e gritava para dentro do túnel, e o túnel gritava de volta, então ele olhava para mim e ria e andava pelo corredor. Então corri atrás dele. Quer dizer, suas pernas são muito longas. Descemos e subimos e demos voltas... é como um labirinto lá embaixo. A qualquer minuto esperava encontrar um pedaço de queijo.

"E a cada nova volta o Sloth soltava um grito alto, e seu eco respondia a ele, e ele ria como ele tivesse acabado de ouvir algo muito engraçado.

"Finalmente, agarro o seu braço, porque acho que se alguém não explicasse nada a ele, ele ia ficar realmente decepcionado. 'Espera, escuta', eu disse, 'não é uma pessoa. Isto é apenas o seu eco. Entende? O seu eco. Eco.'

"Então ele para e pensa por um minuto e, de repente, seu rosto se ilumina e ele balança a cabeça como se entendesse. '*Eggo*', ele diz, '*Waffle Eggo!*'[4]

"Ele se vira e começa a andar pelo túnel novamente, repetindo mais e mais para si mesmo, muito contente: '*Waffle Eggo! Waffle Eggo!*'

---

4   Marca de waffles congelados.

"Eu o sigo, tentando argumentar com ele. Veja bem, ainda acho que ele não compreendeu isto claramente. 'Não, não é *Eggo*', eu digo. 'Eco. Eco!'

"Mas ele apenas sorri e continua a caminhar firme, resmungando consigo mesmo.

"Nós viramos curvas através de todos esses túneis, e ele finalmente se acalma. Chegamos a essa caverna toda cheia de canos vazando, espalhando água por toda a parte, então achei que tínhamos de estar no caminho certo, porque parecia obra do Bocão, tentando consertar um cano que não estava quebrado antes de ele o tocar. Sloth realmente estava com sede depois do seu bife e do peru, porque ele simplesmente chupou a água direto de um dos canos por um tempo, e depois partimos de novo.

"Chegamos a este túnel cheio de pedregulhos, e o primeiro estava caído em cima do esqueleto esmagado de um velho mineiro, não é mentira! Muito legal. Mas seguimos em frente. Você sabe, meu tio Sydney era mineiro, e ele me disse para nunca ficar em uma caverna onde você encontra um mineiro morto, porque você nunca sabe o que o matou, tipo, pode ter sido gás natural. Você sabe que eles costumavam levar canários em gaiolas até as minas com eles, e se os canários caíam mortos, os mineiros sabiam que havia um vazamento de gás, e aí eles partiam com pressa – ver um mineiro morto ali deitado foi meio como ter um canário morto solto. Agora, como eu disse, esse mineiro foi esmagado sob uma pedra, mas você não pode tirar conclusões precipitadas neste caso. Ainda poderia ter sido gás que o matou. Eu já te contei sobre as vezes em que o tio Sydney me levou para as minas com ele? Ah, sim, ele contava comigo. Veja bem, eu era muito menor do que ele, então havia buracos que eu poderia rastejar para pegar coisas que ele não conseguiria, então eu rastejava através destes pequenos espaços apertados, meio que os explorava para ele, em seguida, voltava e contava a ele sobre o que havia lá.

Nunca encontrei nenhum ouro, é claro, mas nós não estávamos procurando ouro – o tio Sydney estava atrás de alumínio, minério de alumínio bruto. Vende por milhões no Canadá. Eles fazem latas com isso, mas eles não têm os recursos lá, então eles têm que importar o material. Ainda bebem a maioria de suas cervejas em garrafas, o que mostra como eles são subdesenvolvidos.

"Por isso, como eu dizia, eu sei uma coisa ou duas sobre minas e mineiros, e sabia que era melhor apenas seguir adiante, antes que o gás nos derrubasse e ficássemos muito grogues para evitar os pedregulhos.

"Passamos por este buraco na parede até uma caverna grande, que é, obviamente, de onde os morcegos vieram, e que nos levava por esta passagem estreita de verdade, e então as coisas ficaram tensas – porque dava para ouvir vozes bem à distância. E parecia dos Fratelli.

"Olhei para o Sloth imediatamente, para ver o que ele ia fazer, para ver se eu tinha que correr e me esconder em algum lugar ou o quê. Mas ele só me dá esse grande sorriso furtivo e leva o dedo aos lábios como se quisesse que eu ficasse quieto. Depois riu baixinho e cobriu a boca com a mão para que não fizesse nenhum barulho. Então fez eu me mover junto com ele nas pontas dos pés, o que fizemos até que estivéssemos perto o suficiente para ver e ouvir os Fratelli, mas longe o suficiente para ficarmos escondidos nas sombras.

"Os Fratelli estavam de pé na piscina rasa de água, com o luar brilhando direto sobre eles, quando, de repente, eles começam a grasnar, pulando para cima e para baixo, e a gritar, pois havia sanguessugas em todo o corpo deles. Tremo só de pensar nisso. Assim, eles saíram da piscina, todos eles acenderam cigarros e começaram a queimar as sanguessugas com as pontas acesas para tirá-las da pele. Coisa nojenta. Então a Mama olha para o chão e diz: 'Eles foram por ali. Há pequenas pegadas de *Nike* por todo o chão'. Então eles seguiram por ali.

"Aí nos sentamos por um minuto, imaginando o que fazer. Eu não queria ir muito perto deles, porque não queria que os Fratelli nos vissem. Por outro lado, queria ver para onde eles estavam indo, porque se estavam na nossa frente, eles não estariam atrás de nós. Certo?

"E o Sloth achava que era o maior truque desde a invenção das bolhas de sabão, que ele tenha visto os Fratelli e eles não tenham nos visto. Então sentamos ali por um minuto. Ele cruzou logo as pernas, se inclinou para a frente e começou a desenhar algo na terra – um círculo com essas coisas trêmulas e em barras paralelas, e não consegui entender no início, mas de repente me bateu – é um padrão de teste de TV, como quando sai do ar. Esse é do canal nove, eu acho. Assim, ele termina o desenho, e então o encara com bastante intensidade, sentado de pernas cruzadas, com as mãos sobre os joelhos, do jeito que a minha mãe fica quando ela está fazendo ioga, e ele começa a respirar, para dentro e para fora, profunda e rapidamente, como se estivesse fora do ar ou algo assim, e então, de repente, ele inspira enorme e profundamente, e solta esse som longo, suave, muito alto. Soa como o som de teste-padrão, como quando o rádio faz o seu som de teste de emergência por um minuto. Soa como 'Diiiiiiiiiiiiiiiii.' Mas o Sloth faz o som por muito mais do que um minuto, e sem parar para respirar também, ele continua fazendo 'Diiiiiiiiiiiiiiiii', e logo seus olhos meio que brilham, e percebo que ele está em transe.

"Sem sacanagem, ele parece a minha mãe quando ela fazia meditação para tentar parar de comer, só que em vez de dizer 'Ommmm', ele está dizendo 'Diiiiii'. Percebo, então, que o Sloth é realmente um cara muito espiritual. Provavelmente, uma pessoa altamente evoluída. Eu me senti honrado por estar na presença dele.

"Ele fez isso por algum tempo, e aí finalmente parou e despertou e deu um suspiro grande e relaxado e um sorriso, como quem está pronto para ir em frente.

"Mas ele não se levantou. Em vez disso, enfiou a mão no bolso e tirou um berimbau de boca, que aqui também chamam de harpa de judeu, o limpou, levou-o até a boca e começou a tocar.

"'Ei!', digo a ele. 'Isto é uma harpa de judeu, e eu sou judeu. Que coincidência incrível!' Ele apenas balança a cabeça e continua tocando, e então percebo que isto não é provavelmente tanta coincidência. Na verdade, temos muito em comum, compartilhamos interesses e outras coisas.

"De qualquer forma, ele se levantou e começou a bater seus pés enquanto tocava, e começou a bater palmas junto. A música soou realmente familiar, mas não conseguia me lembrar o que era, até que percebo que ele está tocando a música do comercial de *Chevrolet* que eles mostram no canal 13, tarde da noite. Então, ele começa a fazer um *medley* todo de comerciais de TV, como 'Você merece dar uma passada hoje no *McDonald's*', e '*Ajax*, o limpador com espuma'. Coisas assim. Acho que estas são as únicas músicas que ele conhece.

"Ele passa todo o seu repertório, e depois fica completamente relaxado e pronto para seguir. Então nós marchamos novamente, na direção em que a mãe e os irmãos dele tinham ido. Tomamos muito cuidado ao caminhar em torno da lagoa com as sanguessugas dentro, mesmo que houvesse uma porrada de moedas lá no fundo. Talvez as sanguessugas coloquem o dinheiro lá para tentar atrair as pessoas para que possam sugar seu sangue, não sei.

"De qualquer forma, caminhamos por um tempo, em torno de um monte de outros túneis, até que chegamos a este beco sem saída com um buraco no chão, e um gancho preso a uma rocha na extremidade de uma corda que oscilava para baixo no buraco. Olhei lá dentro, mas não conseguia ver o fundo, e acho que pude ouvir as vozes dos Fratelli no começo, mas depois elas desapareceram.

"Fiquei meio relutante em descer por esse buraco negro, sabe do que estou falando? Quer dizer, de qualquer forma, não sou o melhor escalador que existe. Mas o Sloth meio que me entende, acho. Então ele me ergue nas costas, e eu me seguro, e ele desce nós dois pela corda. Suave, lento e constante.

"Meu rosto está bem próximo ao dele nessa hora, posso começar a estudá-lo de perto. E as paredes estavam começando a brilhar por causa do lodo do mar, acho, então podia ver muito bem. E olhando para ele de outro ângulo, a partir da posição em que estava em suas costas, ele não parecia tão feio. Quer dizer, ele não vai estar no próximo número da *Playgirl* nem nada, mas já vi piores. Você já viu o meu tio Grobnick?

"Aí eu digo ao Sloth: 'Sabe, você não é um cara tão estranho. Já tive uma cobra com duas cabeças'.

"Então ele solta uns grunhidos em resposta, sabe?, como se soubesse do que eu estava falando. Então continuo. 'E tenho esse outro amigo, Mitch, e ele tem essa coisa grande e peluda crescendo em seu pescoço, e as pessoas sempre zoam ele, então ele só sai para brincar à noite. Aposto que você só gosta de sair à noite, hein?' Ele balança a cabeça, para que eu continue falando.

"'Sim, sei como você deve se sentir', digo. 'É como quando eu vou nadar na escola pública e tenho que tirar minha camiseta, eu fico realmente envergonhado porque todos os outros caras têm bronzeados e barriga definida, e eu sou o garoto-propaganda das *Massas Pillsbury*.[5] Então eu nado de camiseta.'

"Ele grunhe com total compreensão, sabe? Como se ele soubesse exatamente como me sinto. Certo, então ele atinge a ponta da corda e desce até o chão, que é coberto por esses picos gigantes pontiagudos de madeira, por isso, se tivéssemos caído, eu teria virado um churrasquinho grego de Gordo.

"Olhamos ao redor. Era uma grande caverna e, no fim, tinha esse esqueleto pirata apontando para três túneis na outra extremidade. Quer dizer, era um esqueleto humano, mumificado, vestido com roupas de pirata. Então, o que o Sloth faz? Tira o chapéu do crânio do pirata e o coloca em sua cabeça e mexe as sobrancelhas para mim. Quer dizer, vamos lá, o que eu deveria dizer para o cara? Digo: 'Cara, você parece um garanhão'. Então ele sorri para mim, meio tímido, você sabe? Cara engraçado.

"Então ele se ajeita, bem descolado, e pega um cigarro do bolso do casaco, coloca no canto da boca, acende com esse isqueiro *Bic*, dá uma longa tragada, se inclina para trás contra a parede e tira uma moeda do bolso da calça, e começa a jogar a moeda para o alto e a apanhar, a jogar e a apanhar, assim como um mafioso de fala mansa em um velho filme de gângsteres. Deve ter visto isso na TV.

---

[5] As *Massas Pillsbury* têm, como garoto propaganda, um boneco gordinho, que se parece com uma massa de biscoito fofinha.

"Mas, daí, digo a ele: 'Ei, cara, não é legal fumar'. Então ele fica com esse olhar realmente chateado em seu rosto, joga fora o cigarro e levanta sua mão como se quisesse dizer 'Espera aí', e aí coloca a mão no bolso do casaco e puxa um desgastado baralho de cartas, que ele abana diante de mim, e diz: 'Escolha uma carta'.

"Bem, ele poderia me impressionar até com um canudinho. Quer dizer, esse cara nunca deixa de me surpreender. Então pego uma carta, olho para ela e a coloco de volta no baralho, e ele embaralha como um profissional de Las Vegas. Era o quatro de ouros. Em seguida, ele lança o baralho para o alto, e as cartas rodopiam para baixo e se espalham por toda parte, exceto por uma, que estava na palma de sua mão, e, pode apostar, era o quatro de ouros.

"Bem, ele pode ver que estou impressionado, mas meio que recolhe indiferentemente as cartas e as coloca no bolso, ainda usando seu chapéu de pirata. 'Você sabe, você é um cara um tanto interessante', digo. Mas ele apenas sorri, e toca a aba de seu chapéu.

"De qualquer forma, enquanto eu o ajudo a recolher as cartas, acho essa embalagem de *Twinkie* no chão, então eu soube que vocês tinham estado aqui, e vi todas estas pegadas indo para o túnel do meio, então achei que este deveria ser o caminho. Então, desta vez, assumi a liderança. 'Vamos lá, cara', falei, e o Sloth me seguiu pelo túnel do meio."

Então foi assim que o Gordo chegou ao ponto onde eu parei com a minha história, só que eu estive lá primeiro. Ou segundo, na verdade, já que o único cara a passar por ali antes da gente tinha sido o Willy Caolho, e eu estava prestes a me encontrar com ele em breve. Mas ele não foi o primeiro degolador que eu encontrei naquelas cavernas – primeiro foram os Fratelli, e muito antes do que gostaria.

A CONTINUAÇÃO DA
MINHA HISTÓRIA...
O LAGO...
A HISTÓRIA DO DADO...
A HISTÓRIA DA STEF...
O NEVOEIRO...
A HISTÓRIA DO BOCÃO...
A HISTÓRIA DO BRAND...
A HISTÓRIA DA ANDY...
O RIO SONHADOR.

CAPÍTULO
VII

Então, de qualquer forma, entrei de novo no túnel do meio – o buraco de nariz no crânio – e me juntei à gangue, e começamos a descer a parte seguinte de corredores retorcidos. E quanto mais longe íamos, mais as cavernas ecoavam com o som de água corrente, mais alto primeiro, e em seguida mais suave, como uma maré. Ficamos bem quietos. Guardando nossos pensamentos para nós mesmos, acho.

Depois de caminhar em silêncio por cerca de trinta minutos, chegamos a uma caverna do tamanho da nossa casa, com apenas uma saída – um túnel – e que estava cheia de água.

Havia uma jangada flutuando na água dentro do túnel, feita de troncos de madeira amarrados com correntes e cordas e presa a uma rocha na caverna. E, espalhadas pelo chão de pedra da caverna, havia ainda mais uma dúzia de jangadas de diferentes tamanhos.

Stef disse: "Tudo isto aqui devia ser cheio de água antigamente. Como um porto ou algo assim".

"Bem, é uma doca seca agora", disse Bocão.

"Exceto por este canal. Para onde você acha que ele leva?"

"Bem, já que é a única maneira de sair daqui, acho que estamos prestes a descobrir."

"Talvez a gente possa voltar", disse Dado. Ele parecia mais preocupado do que os outros em relação a descer aquele rio subterrâneo.

Muito atrás de nós, porém, podíamos ouvir talvez passos, e talvez vozes.

"Eu não acho que possamos voltar atrás", falei.

Assim, pulamos na jangada, soltamos a corda do seu ancoradouro e partimos.

A água parecia tranquila, mas havia uma boa correnteza vindo de algum lugar, porque começamos a flutuar adiante mal entramos no barco. Não havia maneira de conduzir a jangada, mas isso não importava, já que ela tinha cerca de quatro metros quadrados e meio, e o túnel tinha apenas cerca de seis de largura. Então, nós só balançávamos na água, virando lentamente, batendo suavemente em uma parede e, então, um minuto depois, em outra.

Após cerca de dez minutos, o túnel começou a alargar-se e a correnteza pegou.

"Estou com um mau pressentimento sobre isso", disse Bocão.

A jangada começou a saltar um pouco. Havia espuma branca aqui e ali. Nós nos juntamos ao centro, longe das bordas, encostados uns nos outros. As toras da jangada eram tão grandes, flutuavam tão elevadas, pelo menos, que não ficamos muito molhados. Só com muito medo.

Nós mergulhamos em uma queda de mais ou menos um metro, e o Dado quase foi à água antes que nos estabilizássemos novamente. Aquilo deixou todo mundo molhado. E com muito, muito medo.

A jangada tinha começado a girar nesse momento, realmente fora de controle, e a Andy estava chorando, e o Dado tremendo, e a Stef colocando seus pés sobre a borda para tentar direcioná-la um pouco, e eu tentando acender um foguete para que pudéssemos enxergar melhor... e de repente nós voamos sobre um lago enorme, tranquilo, em uma ampla caverna espumante, e flutuamos lentamente em direção ao centro.

Agora, quando eu digo enorme, quero dizer que nem sequer dava para ver o outro lado. Poderia ter duzentos metros ou poderia ter um quilômetro e meio. O teto tinha pelo menos cem metros de altura, e era a coisa mais linda que eu já vi.

Formações de cristal pendiam do teto como lustres chiques, cor-de-rubi, brilhantes à luz da chama do foguete. Eles pendiam e, em seguida, espalhados, interligados uns aos outros, balançavam novamente nesta confusão incrível de pingentes de vidro lapidado feito teias de aranha cristalinas. Como um show de luzes.

Era mágico. Olhamos para as projeções lá em cima quase hipnotizados, enquanto a jangada flutuava lentamente, indo mais e mais para o centro da caverna. Em mais ou menos um minuto, olhei em volta e percebi que não podia ver nenhuma das paredes. Então me dei conta de que estávamos meio que boiando no mesmo lugar em vez de realmente indo a algum lugar. O Dado apontou a lanterna por trezentos e sessenta graus, mas o feixe não alcançou qualquer ponto de referência.

"Ô-ouu", ele sussurrou, enquanto a jangada girava em círculos lentos. Seus dentes começaram a bater. "Temos problemas agora, isto não é bom."

Foi muito intenso, tenho que admitir. A Stef foi legal, no entanto. "Relaxa, vamos simplesmente começar a remar, só isso. Vamos chegar a algum lugar, mais cedo ou mais tarde."

Então começamos a remar na direção que pensávamos que era o outro lado. Desistimos disso dez minutos depois, quando ainda não podíamos ver uma parede. Além disso, todos nós estávamos um pouco desconfiados para colocar as nossas mãos na água depois que vimos alguma coisa surgir na superfície a cerca de seis metros de distância e, em seguida, mergulhar de novo. Era difícil dizer o que era com aquela luz, mas parecia muito uma barbatana.

"Ai, cara, é terrível, isso é...", Dado choramingou.

"Relaxa, cara, vamos dar o fora daqui", disse Brand.

"Não, você não entende", disse Dado. "Afogamento é o pior. Eu não vou aguentar um afogamento. Qualquer coisa menos isto. Eu não sei nadar. Não consigo nem boiar."

Stef pegou a mão dele e colocou o braço em torno de seu ombro, sendo muito legal. "Você não vai se afogar, garoto. Eu sei nadar como um peixe."

Bocão ia dizer algo engraçadinho, eu podia ver em seus olhos, mas a Stef lançou para ele um olhar como "Não se atreva", e assim ele manteve a boca fechada.

De qualquer forma, o Dado pareceu relaxar um pouco. E então, enquanto todos nós estávamos ali sentados olhando para o teto de cristal no meio daquele oceano escuro, sem limites e imóvel, Dado começou a falar.

"Algum dia eu vou inventar algo grande", disse ele. "Vai ser uma cidade que fica sob o oceano, e que vai ficar dentro dessa enorme bolha de plástico transparente. Plástico da era espacial, do tipo que os caras da NASA desenvolveram, para que possa suportar milhares de graus de calor, no caso de haver uma erupção de vulcão submarino, e milhares de toneladas de pressão, de modo que o peso do oceano não possa esmagá-la. Vai ser transparente, para que você possa ver através dela e ver todos os peixes, de uma forma que você fique cercado por todos os lados por esse aquário gigante. E não terá costura alguma. Ela vai ser moldada a partir de um enorme pedaço de plástico, para que não haja qualquer vazamento.

"Vai ter um quilômetro e meio de diâmetro, e ela vai ter todos esses diferentes níveis, como platôs construídos através da bolha em diferentes níveis, e eles serão ligados por escadas e mais escadas que sobem e descem. E cada nível servirá a um propósito diferente. Haverá um nível de habitação e um para a agricultura – haverá luzes especiais lá, para que se possa plantar o que se quiser – e um nível de pesca, e um para áreas de recreação e restaurantes e filmes, e todas as áreas à direita perto da superfície interna do plástico seriam para plataformas de observação, com grandes e poderosos focos de iluminação em alguns lugares iluminando o oceano para que você possa ver todos os incríveis peixes e corais e baleias e outras coisas.

"E talvez haja uma câmara para que as pessoas possam sair em expedições em submarinos, se quiserem.

"A bolha será presa ao fundo do oceano por uma centena de âncoras gigantescas, conectadas a cabos não degradáveis que se estenderão ao longo do topo da bolha e cruzados lá para que eles formem uma grande rede puxada para baixo por essas âncoras, de modo que a bolha não flutue até a superfície. Vai ficar segura lá, a pelo menos um quilômetro e meio abaixo da superfície, por isso não vai ser destruída se houver uma guerra nuclear, e a chuva radioativa tampouco atingirá esse ponto, nem germes, se houver uma guerra bacteriológica. E não vai ser atingida se houver um terremoto subaquático também, porque ela não toca o fundo, apenas as âncoras o fazem, portanto, a bolha vai apenas mudar de posição em torno de seus cabos e balançar um pouco com a corrente submarina.

"É daí que virá toda a sua energia, das correntes submarinas. Assim, sua localização tem de ser cuidadosamente escolhida, então será bem ao lado de uma dessas supercorrentes que nunca param, como a Corrente do Golfo, ou El Niño, ou uma dessas. Vamos colocar uma enorme série de hélices enormes bem no caminho da corrente e conectá-las a turbinas enormes, então as hélices ficarão sempre girando e acionando energia – acho que vamos precisar de uma câmara, para os submarinos poderem sair para trabalhar nas hélices se eles precisarem de manutenção.

"Mas, de qualquer maneira, vai ser uma fonte de energia segura, inesgotável, não poluente e autogeradora. Vai gerar as luzes da cidade, e lá também haverá uma usina de dessalinização, para obter tanta água quanto precisarmos e transformá-la em água doce. E vai prover energia para uma grande usina de extração de oxigênio da água, para que possamos respirar – não é muito eficiente, mas quem se preocupa com eficiência quando você pode aproveitar a energia do oceano?

"Vai ser completamente autossuficiente e autossustentável, e vamos limitar o número de pessoas que podem ir morar lá, para que não fique superlotado – somente meus amigos e seus amigos e alguns dos meus parentes e umas poucas pessoas agradáveis que ainda vou conhecer.

"E nós vamos viver completamente seguros e felizes, e nunca poderemos nos afogar, ainda que estejamos cercados de água por todos os lados, e a vida será dedicada a plantar e a comer e a brincar e a discutir filosofia e a trabalhar em novas invenções. Isso é o que eu vou inventar."

"Parece que você já inventou", disse Bocão.

"Dado, que bonito", disse Andy.

Nossos olhos já haviam se acostumado ao escuro agora, mas, o mais longe que fomos capazes de enxergar, pudemos ver que não havia fim para aquela caverna. A jangada ficava à deriva para este lado um pouco, e então para aquele, apenas balançando sem direção, e então girava. Nós estávamos indo a lugar nenhum.

Stef disse: "Agora eu, eu amo a água. Eu cresci em torno dela, quase sempre vou pescar com o meu velho – sou a única que vai com ele. Meus irmãos só sabem mexer com motores de carros e fumar maconha. Eu amo ir para o mar, sabe, é tão calmo e tranquilo, sem ninguém por perto, ninguém dizendo a você o que fazer, sem barulho nem o mau cheiro das fábricas, só você sentado lá fora, no meio de toda esta calma, rolando sobre as ondas como se estivesse dentro de um berço. Nada dá tanta paz quanto isso.

"E nadar, é como correr ou dançar. Você só mergulha na água e se mexe lá dentro e salta para fora e se mexe no ar novamente. A mesma coisa. Só que na água existe essa paz.

"Eu gosto de mergulhar, também, só que é muito caro fazer isso muitas vezes, mas meu velho me deixa usar o equipamento dele de vez em quando. É de fazer você pirar, nadar por toda a parte debaixo de toda aquela água. Imaginem algo realmente tranquilo, cara. É só você e todos esses peixes estranhos e silenciosos lhe encarando, e você sabe que eles devem estar pensando em alguma coisa, mas não comentam o assunto.

"Eu mergulhei em Catalina uma vez. Era tão quente e clara e azul, cara, e esses peixes eram tipo laranja e roxo-neon – sem sacanagem, eles eram como peixes-punk. Como se tivesse um peixe Cyndi Lauper, e um peixe Eurythmics, todos deslizando no ritmo de alguma batida-de-peixe especial subaquática que eu não podia ouvir, mas eu podia vê-los, e as algas ondulando como que em câmera lenta e essas águas-vivas cor-de-rosa com suas franjas para baixo acenando para nós, e cardumes de peixes que se movem e se viram em formação como se eles tivessem o mesmo pensamento no mesmo segundo, e todo o tempo é tudo muito tranquilo e pacífico...

"Não, eu amo a água. A água é para onde eu vou quando quero parar de ter medo. O que eu temo é a escuridão. Saber que existe algo lá, mas que você não consegue ver o que é. Isso é o que me assusta."

Nós procuramos em todas as direções, tentando enxergar alguma coisa. Nada. A jangada balançava pouco agora. Apenas plana e imóvel.

Mas à esquerda algo me chamou a atenção. Realmente nebuloso, como uma espécie de luminosidade na escuridão. Pareceu ficar muito mais frio de repente, não um vento exatamente, mais como um movimento de ar frio em torno de nós. E então a área mais luminosa à distância aproximou-se, mais clara e mais espessa. E então dava para ver que era uma névoa chegando.

"Ai, que merda", sussurrou Stef.

O nevoeiro começou a chegar até nós com uma espécie de umidade fria primeiro, e depois a névoa começou a rastejar sobre a borda da jangada e instalou-se ali, realmente baixa, por um tempo.

Algo ecoou de dentro do nevoeiro, e todos nós saltamos. Uma espécie de ruído de pedra caindo, só que abafado pela neblina, e depois tudo ficou tranquilo novamente. "Isso meio que me lembra uma história", disse Bocão. "Aconteceu em uma noite fria, escura e nebulosa, perto de Vancouver, mais ou menos como o que temos aqui, na verdade. Uma família vivia em um pequeno lugar na periferia da cidade. Eles tentavam pagar suas despesas, como as nossas famílias. Era apenas um pequeno fim de mundo, com um portão da frente que rangia, em uma pequena cidade industrial.

Marido e mulher, eles tinham um filho, um sujeito que só terminou o ensino médio, ele ainda vivia em casa e trabalhava na fábrica com o pai, para que pudesse economizar o suficiente para conseguir um lugar só para ele. Seu nome era Alex, ele era amigo do meu primo, Doug. Foi assim que eu soube da história.

"De qualquer forma, havia um filho mais velho, também, mas ele tinha morrido no Vietnã anos antes. Mas um dia eles ouviram a porta da frente ranger, e um carteiro com um pacote apareceu, e era do filho mais velho, do falecido – sabe, o exército tinha encontrado seus pertences, que estava perdido em um armazém ou algo assim por quinze anos, então eles enviaram o pacote apenas. Típico do exército fazer isso.

"Então, como eu disse, o pacote chegou e eles o abriram e tinha, você sabe, a corrente de identificação dele e algumas fotos e medalhas e suas roupas e cartas e outras coisas mais, além de um envelope lacrado, endereçado a um deles, e estava preso a uma caixa, tudo embrulhado e mais ou menos do tamanho de um telefone.

"Eles abriram a carta e tinha um monte de coisas pessoais – fez com que eles chorassem, porque se lembraram dele de novo agora – mas a carta também dizia que ele havia recebido um presente especial de um velho mago chinês, e que lhes concederia três desejos se eles o segurassem enquanto fizessem os desejos.

"Então eles abriram a caixa. E dentro, eles encontraram a pata de um macaco."

"Bocão, seu idiota, você vai contar a história da 'Pata do Macaco?'", disse Stef.[1]

"Ei, dá um tempo, eu ouvi a sua história, agora você ouve a minha. Vamos lá, pode ser que você curta."

"Eu não quero curtir isso."

Já estávamos todos curtindo muito – encarando-o bem quietos, com o nevoeiro rolando sobre nossos pés no escuro, nos deixando enrolar por sua história de fantasmas.

"Então, continuando", disse o Bocão, falando com uma voz mais suave agora, "o pai queria colocar a pata fora, junto com o resto dos pertences do filho, mas a mãe disse: 'Espere um minuto, agora, essa coisa foi o último presente dele para nós, talvez devêssemos usá-lo', e o pai respondeu: 'Não, é má-sorte tentar tirar coisas dos mortos', e a mãe retrucou: 'Nossa, que mal poderia fazer, e com certeza isso pode dar um bom dinheiro', e o pai disse: 'Sim, mas a ganância só causa problemas às pessoas, e ele vai passar muito bem sem isso', e a mãe disse, 'Bem, ele não precisa ser ganancioso, poderia pedir só um pouco de dinheiro, apenas o que ele precisa para pagar suas contas, consertar o telhado e conseguir seu próprio lugar para morar. Apenas dez mil dólares', disse ela. 'Isso é tudo o que eu vou pedir, dez mil dólares.'

"Bem, o pai não gostou, mas disse que tudo bem, então ele segurou a pata do macaco na mão e disse: 'Por favor, dê--nos apenas 10 mil dólares'. E na mesma hora ele gritou e soltou a pata. 'Ela se moveu na minha mão', disse ele.

---

[1] "A Garra do Macaco" (*The Monkey's Paw*) é um famoso conto de W.W. Jacobs (1863-1943). A história de horror adverte que é preciso ter cuidado com o que se deseja, pois nunca se sabe o que será pedido em troca. Publicado no Brasil em diferentes coletâneas, ora sob o nome de "A Garra do Macaco", ora "A Mão do Macaco" e ainda "A Pata do Macaco".

"Bem, nada mais aconteceu. Eles olharam ao redor, esperaram um minuto – nada. O pai riu, sem jeito, e disse: 'Ai, bom, nós ainda temos um ao outro'. E então eles foram para a cama.

"No dia seguinte, o pai e o filho saíram para trabalhar atravessando o portão da frente que rangia em direção à fábrica. Mas naquela tarde, às três, eles não voltaram para casa. Algumas horas se passaram, e a mulher começou a se preocupar... e então, de repente, criiiic, era o barulho do portão da frente, e o pai veio cambaleando, chorando e soluçando, e dois caras da fábrica estavam com ele, e a mãe disse, 'Oh, meu Deus, o que aconteceu?'

"E um dos caras da fábrica disse que ele sentia muito, mas que seu filho Alex havia caído em uma das máquinas no trabalho e estava morto.

"Ela gritou e disse que não acreditava naquilo, e ela queria ver seu filho. Mas eles disseram que não, que não era aconselhável, porque ele tinha sido mutilado ao ponto de ficar irreconhecível e tivera partes cortadas e outras coisas."

"Eca, nojento", disse Andy.

"Sshh. Continue", disse Brand.

Bocão continuou. "E então o cara da fábrica colocou o braço sobre o ombro da mãe e disse que não era muito consolo, mas seu filho tinha um seguro de vida com a fábrica, e que o cara tinha um cheque aqui para ela de dez mil dólares."

"Uau", sussurrou Andy.

"Então ela gritou e arrancou os cabelos e outras coisas, e seu marido finalmente se acalmou, e os outros caras foram embora. A mãe e o pai ficaram sentados na mesa da cozinha por horas, apenas deixando que escurecesse cada vez mais enquanto a noite se aproximava. E a noite chegou – fria e negra e enevoada. Assim como esta.

"E a mãe finalmente não pôde aguentar mais, então ela pegou a pata do macaco, e o pai disse: 'Não!', mas antes que ele pudesse fazer qualquer coisa, ela disse: 'Traga-o de volta. Traga o meu filho de volta para mim!'

"O pai arrancou dela a pata, mas a pata girou em sua mão e caiu sobre a mesa.

"De qualquer forma, já era tarde demais. Ela já havia dito aquilo. Então eles ficaram lá, sentados na mesa, com a névoa se enroscando ao redor da casa. E foi ficando cada vez mais frio e mais escuro, e uma hora se passou e, de repente... eles ouviram.

"Uma espécie de som de raspagem, e então um baque. Vushhh, tup. Vushhh, tup. Vushhh, tup. Assim.

"O tipo de som que um corpo pode fazer se ele é apenas uma perna e um braço, arrastando-se pelo chão, centímetro por centímetro. Vushhh, tup. Eles o ouviram se aproximar, ao longo do caminho até a entrada. As janelas estavam todas abertas, mas estava nebuloso demais para se ver qualquer coisa, nebuloso e escuro, e eles estavam com tanto medo que não podiam se mover, não tinha outro jeito, e tudo o que podiam fazer era ouvir. Vushhh, tup. Vushhh, tup.

"Ele passou por todo o caminho ao longo da frente da casa, e chegou ao local onde eles sabiam que o portão da frente ficava... e houve uma longa pausa. O som parou, ficou tudo totalmente silencioso na névoa espessa e negra... e então eles ouviram. Criiiiiiic. O portão da frente se abrindo lentamente... e depois um tup alto, como algo que tivesse caído pesadamente sobre o portão.

"Então ficou tudo quieto novamente. Eles não moviam um músculo sequer, continuaram ali sentados, olhando fixamente a noite, e então, de repente... recomeçou. Vushhh, tup. Vushhh, tup. Muito mais alto agora. Mais perto. Vindo pelo caminho até a porta da frente.

"A mãe começou a choramingar agora, e ambos encaravam a porta, e eles podiam ouvir a coisa se aproximando – vushhh, tup – e ele estava na porta e, de repente... houve uma batida."

Bocão bateu três vezes em uma das toras de madeira da jangada.

"'Vá embora', sussurrou o pai. Mas a mãe se levantou. 'Alex', ela chorou. 'Meu bebê.'

Bocão bateu mais três vezes na madeira.

"E a mãe começou a caminhar até a porta da frente. 'Não', sussurrou o pai, mas agora ela corria para a porta. E quando ela a abriu, o pai pegou a pata do macaco e disse: 'Faça-o ir embora para sempre. Que nunca mais o vejamos!' E a pata crispou-se.

"E a mãe abriu a porta. E não havia nada lá. Apenas o nevoeiro, rastejando na soleira da porta e sobre seus pés. E em seu coração."

Nós ficamos ali sentados encarando o Bocão, mas ele não disse mais nada. Apenas ficou lá nos encarando de volta, como se nos desafiasse a descrer de sua história.

Andy agarrou Brand para se sentir segura. "Ai, Brand, isto foi tão assustador."

Ele passou os braços em torno dela. "Foi só uma história", disse ele. Mas o nevoeiro estava começando a crescer sobre nós, e estava frio para caramba.

"Está satisfeito agora, Bocão?", disse Stef. "Assustou todo mundo direitinho?"

"É um trabalho difícil, mas alguém tem que fazer isto, *baby*", disse Bocão.

Tenho que admitir, ele distraiu nossas mentes de nossas próprias preocupações, ao menos por alguns instantes.

"Eu me sinto mais segura com você aqui", eu ouvi Andy sussurrar para Brand. "Nada te assusta."

Brand ficou quieto um minuto, e então ele disse: "Algo me assusta. Espaços pequenos me assustam".

Fiquei meio chocado ao ouvir Brand dizer isto, mas fiquei feliz que ele tenha dito, em parte porque era uma grande coisa admitir aquilo, e me fez gostar mais dele por lidar com um de seus pontos fracos. E em parte porque ele fez com que eu não me sentisse tão mal sobre falar para a Andy sobre ele ter pirado no elevador.

"Elevadores me assustam", ele continuou falando, "e armários me assustam, e até mesmo carros me assustam um pouco. Eu acho que é por isso que eu estraguei tudo na hora de tirar minha carteira de motorista."

"Desculpas, desculpas", disse Bocão.

"Cale a boca, Bocão," eu disse a ele. Eu queria ouvir o que Brand tinha a dizer.

"Mas eu sei porque eles me assustam," ele disse. "É porque quando eu tinha seis anos, acidentalmente, me tranquei em uma geladeira velha no porão. Eu sabia que não era para chegar perto dela, mas fui, de qualquer maneira, e então não consegui mais sair. Então, fiquei com medo de pedir ajuda, porque sabia que eu ia levar uma bronca, então só fiquei lá, naquele espaço totalmente escuro, minúsculo, fechado, e parecia que estava ficando cada vez menor e menor, até que não aguentei mais e comecei a chutar e gritar, e aí a Mãe me ouviu e me tirou de lá imediatamente. E você sabe o quê? Ela me bateu por eu ter brincado com aquela coisa. Eu ali quase me engasgando até morrer e ela arrebentando a minha bunda de palmadas.

"Assim, desde então, não sei, espaços pequenos são meu ponto fraco. Me fazem sentir... Eu não sei, como eu me senti quando eu tinha seis anos. Realmente apavorado."

O nevoeiro estava totalmente em torno de nós agora, dali até o teto e em todas as direções. Mal podíamos ver um ao outro, mesmo se ficássemos juntos. E digo a você, nós estávamos colados.

"Bem, foi corajoso da sua parte contar para a gente", disse Andy. "Eu, eu tenho medo de quase tudo. Medo do meu pai, medo de freiras, medo de tirar notas ruins, medo de ficar sozinha, medo de me machucar. E eu tenho muito medo de morrer. Quer dizer, não só por causa de todas as coisas que perderia aqui e como seria triste e injusto – a coisa é, o que existe depois da morte?

"Quer dizer, existe um céu? Deus? Como é que ele é? Será que ele vai ficar com raiva de mim? Provavelmente sim. Provavelmente vai me mandar para o inferno, se existir um, por causa de todas as coisas más que eu tenho pensado e feito.

"Então eu fico com medo de como é o inferno. É eternamente doloroso? É flamejante, você tem que nadar em lava derretida? Ou é gelado e você tem que se sentar em *icebergs*, tremendo para sempre, e sua pele adere ao gelo e descama em pedacinhos quando você tenta se levantar?

"Quer dizer, qual é a história?"

"É frio, acho", disse Stef. "Frio e escuro. Como aqui."

A névoa girou em torno de um vento breve, e então parou novamente.

"Não, isto aqui é como o limbo", disse Andy, "e é disto que eu tenho mais medo. Apenas flutuar, no meio de lugar algum, no meio do nada, em uma espécie de escuridão espessa, esperando para sempre, e nunca termina..."

"E você ouve coisas", disse Stef, "mas não pode vê-las..."

Eu ouvi alguma coisa, mas não conseguia vê-la. "Sshh", eu disse.

Todo mundo ficou quieto.

Eu ouvi novamente. Uma voz. Sussurrou, através do denso nevoeiro.

E então as brumas sopraram de novo, e, por um segundo houve uma abertura na névoa, e eu vi, apenas nove metros de distância, os Fratelli, flutuando em uma pequena jangada, em uma corrente lenta, apontando uma lanterna em todas as direções. Em seguida, o nevoeiro se fechou novamente e eles desapareceram. Apenas o brilho nebuloso da lanterna permaneceu, depois foi ficando mais escuro e desapareceu.

De repente eu me senti totalmente esgotado. Quer dizer, eu não tinha ideia de quanto tempo estava nestas cavernas, mas toda a tensão foi começando a me exaurir, e essa roçada com os Fratelli e depois ser salvo por essas correntezas estranhas... era como se o sono estivesse apenas me implorando para desistir.

Eu não queria, mas era difícil segurar a onda. Não é como se houvesse muito que eu pudesse fazer, a qualquer custo, certo? Bem, nós estávamos na calmaria. Pensei em todas as histórias de navios em calmaria que eu já tinha lido ou ouvido, para ver se eu me lembrava de algo que pudesse ser útil.

A Balada do Velho Marinheiro. Tive que aprender este na aula de Inglês da sétima série. Ele entra em calmaria porque mata um albatroz, mas nós não fizemos nada parecido com isso, então não acho que seria aplicável. A menos que quebrar a estátua de David da Mamãe conte, mas acho que não.

Moby Dick? Eles entraram em calmaria porque Ahab estava louco e queria vingança contra a baleia branca. Mas nós não queremos vingança contra ninguém, então risca essa fora.

O Mar dos Sargaços, Doldrums,[2] nada me deu qualquer pista. Talvez se eu cochilasse só por alguns minutos, algo poderia me ocorrer em um sonho. Notei que o Dado já havia apagado – ele estava dormindo, uma espécie de sono espasmódico, recostado na Stef, segurando firme no suéter dela.

E a Stef estava meio cochilando, também.

Brand parecia bem acordado, espreitando por entre a névoa. Bocão e Andy também. Assim, eles poderiam me acordar se algo difícil começasse a acontecer.

Então me enrolei no meu lado, com a minha cabeça sobre as toras, olhando em linha reta para o nível da água. Foi quando percebi que estávamos nos mexendo novamente. Não rapidamente, mas havia uma corrente estável passando agora pela jangada, e até mesmo um pouco de brisa no meu rosto.

Fiquei onde estava. Talvez a minha sonolência estivesse causando este movimento, de algum jeito. Talvez se ficasse bem desperto, ele parasse. Eu me deixei adormecer, dormi e acordei. A jangada parecia pegar velocidade.

Talvez eu devesse ir até o fim, realmente apagar e sonhar. Talvez um sonho pudesse realmente nos acelerar e nos tirar daqui. Mas, então, eu ia perder toda a diversão, e não queria isso. Então, me forcei a ficar acordado, tipo semiadormecido, assistindo à água respingar delicadamente sobre a tora onde minha cabeça recostava. A tora do capitão – pensei, e sou o capitão deste barco dos sonhos. Acho que eu estava tão cansado que tinha começado a alucinar.

Ou talvez não. A névoa clareou após algum tempo, e a caverna finalmente estreitou-se ao ponto de podermos ver

---

2   Respectivamente, novela de Edwin Corley (1931-1981) e as calmarias descritas por Coleridge em *A Balada do Velho Marinheiro*.

as paredes, então agora nós estávamos neste rio amplo, de movimentos estáveis, que ondulava para trás e para a frente através desses fantásticos túneis altos.

As paredes brilhavam com algas fosforescentes e cintilavam com formações rochosas, e havia estalactites penduradas no teto, e névoas leves giravam como fantasmas aqui e ali sobre a face da água, e plâncton brilhando logo abaixo da superfície do rio, como se fossem faíscas elétricas, como se o próprio rio estivesse vivo e os pontos de luz fossem suas células nervosas, e raios de luar às vezes perfuravam rachaduras no teto como holofotes sobre configurações de cristal especiais...

Eu não me mexi enquanto passamos por tudo isso. Apenas fiquei lá, dormindo, tentando me manter acordado enquanto cochilava, para que eu pudesse ver tudo isso em toda a sua maravilha e ainda fazer com que continuasse acontecendo com a força do meu sono – mantendo a jangada em constante movimento.

Soa muito esquisito agora, eu sei, mas é o que eu estava pensando naquele momento.

E então, descansar ao longo de um rio como este me fez pensar em Huckleberry Finn[3] descendo o Mississipi à deriva, se metendo em aventuras e em apuros e arranjando confusões e escapando das confusões e ajudando seus amigos e aprendendo uma coisa ou duas aqui e ali... e de repente percebi, Huckleberry Finn foi um dos primeiros Goonies.

E assim que me ocorreu aquele pensamento, meus olhos não conseguiram ficar abertos um segundo a mais, e eu caí em um sono profundo, sem sonhos.

---

3   Outro personagem de Mark Twain, ele também chega a acompanhar Tom Sawyer em suas aventuras.

A CAVERNA DA ÁGUAS CORRENTES...
A PERSEGUIÇÃO ACELERA...
A CÂMARA DO ÓRGÃO...
O NAVIO...
A LULA...
O TESOURO DO PIRATA...
WILLY CAOLHO.

CAPÍTULO VIII

Eu estava sonhando que flutuava em um rio através de um túnel mágico de joias quando fui sacudido por nossa jangada raspando contra algum tipo de margem.

Pulei, pronto para correr.

Estávamos no final do rio. Ele acabava da maneira que havia começado, lambendo o chão de pedra de uma pequena caverna.

"Acho que este é o fim do passeio", disse Bocão. Ele saiu da balsa, na caverna.

Nós o seguimos, e ele continuou a falar. "Por favor, verifique se você tem sua bolsa e outros objetos de valor com você, antes de continuar..."

"Sossega o facho, Bocão", disse Brand. Ele se esticou e flexionou. Nós todos fizemos a mesma coisa, meio enferrujados depois de tantas sonecas e de ficar com as costas arqueadas no nevoeiro frio. Eu não sei quanto tempo nós ficamos flutuando.

Bocão se curvou e sorriu. "Eu posso me ajeitar, eu posso me desdobrar, eu vou te mostrar."

Stef gemeu. "Faça o que fizer, não me mostre nada."

Olhamos em volta rapidamente, e outra vez havia apenas uma saída.

"Espero que isso esteja nos levando a algum lugar", disse Andy.

"É", eu disse. Eu sabia que estava. Era a maneira como o Willy queria nos pegar.

"Sshhh", disse Dado. Nós congelamos e ouvimos. Nada. E então, apenas por um momento, muito lá atrás, ao longo do rio, vozes.

Vozes dos Fratelli, talvez, mas era difícil dizer porque o vento mudou, ou coisa parecida, e nós não conseguimos mais ouvi-las.

"Vamos sair daqui", disse Bocão, e desta vez ninguém se opôs.

Entramos no túnel seguinte e partimos.

Foi bom voltar a andar depois de tanto tempo apertado naquela jangada. Algumas das passagens pareciam artificiais aqui, com as vigas de madeira vez ou outra apoiando a terra. Permaneceram irregulares por um tempo, mas não muito íngremes. Me lembraram de *Viagem ao Centro da Terra*, um velho filme de Pat Boone que eu tinha visto no mês passado numa tarde de domingo. Eu esperava que não fôssemos tão longe.

Os túneis se inclinaram para cima de novo e logo chegamos a uma gruta realmente alta, com um córrego principal passando bem em nosso caminho, e uma escada entalhada na rocha do outro lado, levando a um buraco perto do teto alto. Atravessando o córrego, havia um velho mastro torto, mas largo o suficiente para ser usado para a travessia, sendo que parecia terrivelmente escorregadio. E saindo da água havia o ventre de uma baleia ou uma serpente do mar ou algo assim, deve ter ficado presa lá por séculos e nunca encontrou uma saída. Mas havia um caminho, de modo que tinha de haver uma saída. Escorria água do topo da caverna, e o rugido do oceano não estava mais tão distante. Centenas de estrelas do mar presas às paredes, se movendo tão lentamente que nem dava para notar. Era como estávamos nos movendo agora. Apenas ali, olhando para esta enorme câmara escarpada, com estalactites e água corrente e uma convenção de estrelas-do-mar e outras criaturas brilhantes do mar e um tilintar de cristais de quartzo rosa derramando-se por uma parede, e ossos de algo grande o suficiente para ser um monstro, e um mastro quebrado de um velho navio de guerra, e era tipo "é isso aí", estávamos fazendo mesmo aquilo, e era louco e incomparável.

Todos nós sentimos a mesma coisa. Andy, logo atrás de mim, chamou Brand na minha frente. "Brand, segura minha mão, eu tenho que ter certeza de que isto é real."

Ela estendeu a mão, ainda olhando para as formações rochosas e de cristal perto do teto. Eu peguei a mão dela. Poxa, esta era a minha aventura, não do Brand. E ela me beijou, não o Brand. E, além disso, estava escuro, e só parecia mais fácil de fazer este tipo de coisa no escuro. E, além disso, no escuro, eu acho que ela não sabia de forma alguma que era eu.

Brand ouviu e estendeu a mão sem olhar. Puxei uma estrela-do-mar da parede e a coloquei na mão dele – ele pensou que fosse a mão da Andy. Que idiota ele era às vezes. Mas em poucos segundos ele percebeu o que tinha na mão e a jogou na água. Eu larguei a mão da Andy para tentar segurar o meu riso.

Brand ficou puto, então ele me prendeu numa gravata. "Seu fracote! Você quer brincar? Então vamos brincar."

Ele foi interrompido pelo barulho de cápsulas estourando. As armadilhas do Dado.

"Merda! Aquele som de novo!", disse Bocão.

"E desta vez não é tão longe", disse Stef.

Começamos a subir sobre o mastro.

Ele era escorregadio em alguns lugares, e estava apodrecendo em outros, acho que talvez dependendo de onde ele estava mais carbonizado. Nós avançamos sobre ele, observando nossos pés a cada passo, mas a meio caminho para o outro lado um jorro de água disparou do buraco de onde o córrego passava, inundando o mastro e quase derrubando todos nós de uma vez. Eu consegui atravessar, mas pegando o mastro no último segundo para me segurar e me arrastar até o fim, assim que o jorro passou.

O resto do grupo ainda estava pendurado ou rastejando quando ouvimos a voz da Mama Fratelli.

"Ô, meninos...", ela gritou.

Eu olhei para o outro lado. Lá estavam eles, ao pé do mastro, nos observando, segurando armas e lanternas, e parecia que não estavam de brincadeira.

"Ai, merda", gritou Andy.

Bocão sussurrou: "Alerta Babaca".

"Nem mais um passo!", Mama gritou do outro lado do mastro. Sua voz ecoou para cima e para trás como se houvesse dez dela. Ela levantou a arma.

Para um grupo de garotos Goony, nós nos movimentamos bem rápido. Subi as pedras até o buraco no teto, enquanto o resto de nós escorregou e deslizou ao longo do mastro para o outro lado. Mama atirou. A bala atingiu uma viga perto do Bocão, e ele quase saltou a distância que faltava para a travessia. Os outros Fratelli atiraram também. Mas as balas atingiram pedras, ricocheteando por toda parte, e Mama mandou que seus meninos parassem de atirar para que não se machucassem.

Então, em vez de atirar, eles vieram atrás de nós.

Conseguimos chegar ao outro lado. Dado foi o último. Pouco antes de ele saltar do mastro, ele se virou e gritou, "Sapatos Ensebados!" Daí ele puxou uma cordinha em sua jaqueta. Tubos desceram pelas pernas da calça dele e de seus calcanhares esguichou um óleo negro por todo o mastro. Então ele começou a escalar as rochas até onde estávamos.

Outro jato acertou os Fratelli justo quando eles entravam em contato com a mancha de óleo no mastro. A combinação os arrastou um contra o outro e para as corredeiras antes que pudessem descobrir onde se agarrar. Foi uma visão reconfortante.

Mas não ficamos ali para ver como terminava. Fugimos para o corredor ao lado, bem alto, perto do topo. Era uma câmara diminuta, talvez nove metros de diâmetro, com uma laje de pedra enorme bloqueando a única saída, e lá havia este estranho órgão de tubos, incrível, enchendo o centro da sala. Um órgão feito de ossos. O meio do instrumento era um esqueleto humano, seus braços estendidos, sua cabeleira mal chegando aos seus ombros. Irradiando para fora de seus quadris, em um amplo semicírculo, havia cerca de cinquenta ossos de dedos – eram as teclas. E projetando-se em todas as direções por trás dele e em torno dele havia os tubos do órgão, feitos de ossos ocos de coxas ou varas de bambu. Mas esta não era a parte mais assustadora. A parte mais assustadora era que ele estava tocando sozinho.

Não uma canção, propriamente. É que a coisa estava instalada sobre um buraco no chão por onde o vento soprava continuamente, por vezes mais forte, por vezes mais suave, mas continuava soprando pelo buraco e através dos canos, produzindo estes acordes misteriosos, nada naturais.

Brand tentou abrir a porta de pedra, mas ela não se moveu. Dado notou um monte de velas nas paredes, então ele as acendeu enquanto eu olhava para o mapa. Lembrei de ter visto uma linha de notas musicais ao longo de uma das bordas do papel e as encontrei na hora, exceto que algumas haviam sido manchadas pelo tempo e outras queimadas pelo Troy quando ele queimou o mapa no *Stop-N-Snack*. Que babaca. De qualquer forma, eu não sei ler música. Havia um outro enigma, perto das notas, então eu pedi ao Bocão para traduzir novamente.

• • •

Para seguir em frente, toque a música,
Conforme é ditada cada nota,
Se muitos erros cometer,
Certamente irá morrer.

Levantei o mapa. "Alguém aqui sabe ler música?"

"Você quer dizer que temos que tocar esta coisa para sair daqui?", disse Brand. Sua claustrofobia estava se manifestando.

Stef olhou para Andy. "Ei, você é a única aqui que podia pagar aulas de piano..."

"Seis meses de aulas, quando eu tinha cinco anos de idade e então parei, porque odiava aquilo", disse Andy. Ela torcia o nariz quando falava sobre algo que odiava.

"Seis meses é melhor do que nada", eu disse a ela, e lhe entreguei o mapa. Era ótima a forma como cada um de nós estava ajudando de alguma maneira. Como nenhum de nós não poderia ter feito nada daquilo sozinho. Fiquei orgulhoso de ser um Goony.

Ela olhou por cima da música enquanto eu e Dado checamos o mastro sobre o rio. Os Fratelli ainda estavam se aguentando lá, o nível da água estava baixo agora, e eles estavam se puxando lentamente ao longo do mastro em direção ao nosso lado.

"Ei, pessoal, eles estão vindo", disse Dado.

Todos olhamos para Andy. Ela meio que encolheu os ombros, nervosa. "Vou tentar", disse ela, e apoiou o mapa contra o peito do esqueleto.

Fiz para ela o sinal do polegar para cima. Ela sorriu e tocou a primeira tecla. Um som alto, cavernoso, assustador encheu a câmara. Assustador, mas bonito, como uma harmonia secreta que você já sonhou, mas de que não se lembra muito bem. Foi bonito por outra razão, também. Assim que o som começou, a porta de pedra enorme rangeu e uma fenda se abriu, bem no topo, onde estava sendo baixada por correntes.

Andy tocou as duas notas seguintes. Dois outros sons ecoaram pelas paredes, e a porta baixou mais duas polegadas.

Nós todos sorrimos nervosamente e fizemos sinal para que Andy se apressasse. Porém, a nota seguinte era uma espécie de mancha no mapa, e quando ela bateu na tecla, um som desafinado tilintou, e no segundo seguinte, um pedaço enorme de chão desapareceu bem perto dos meus pés.

Aconteceu tão rápido que quase não tive tempo de sentir medo. Em vez disso, apenas avancei até o novo buraco que aparecera no chão e olhei para baixo. Aí sim eu fiquei com medo. Abaixo de mim havia uma queda de trinta metros, sobre um piso cheio de estalagmites (segundo Brand me explicou depois) afiadas e corais ásperos.

"Ai, meu Deus", sussurrei.

"O quê?", disse Stef. "O que é isto?"

Dado se juntou a mim. Ele arfou, também. "Minha vida inteira acabou de passar diante de mim."

"Vida? Que vida? ", disse Stef. "Você tem onze anos de idade."

Andy tocou a nota novamente. Desta vez, foi a nota certa – clara e melódica. E a porta se abriu mais um centímetro.

Dado e eu checamos os Fratelli lá embaixo. Eles haviam atravessado mais do que a metade do caminho agora.

Dado gritou para Andy: "Melhor tocar mais rápido, eles estão chegando perto!"

Andy tocou mais rapidamente. Era mesmo uma melodia sombria, me lembrou da primeira fase do The Doors. E centímetro por centímetro a porta de pedregulho foi se abrindo, baixada pelas correntes como uma ponte levadiça.

Mas então ela errou outra nota, e outro pedaço enorme de chão cedeu, caindo para a caverna abaixo. Eu quase fui com ele desta vez, mas Stef me agarrou pelo cinto e me puxou de volta.

"Sempre puxando o cinto dos caras", disse Bocão, mas ele estava apenas agindo de acordo com seu nervosismo. Ela virou o dedo médio para ele. "Depressa, eles estão vindo!", gritou Dado, na entrada. "Você tem que tocar mais rápido!"

Andy tocou aceleradamente. A porta foi se abrindo ainda mais rapidamente, e o chão caía mais rápido, tudo ao mesmo tempo. Nós estávamos saltando feito sapos por toda a parte, tentando evitar este poço que ia ficando cada vez maior, até que finalmente estávamos todos reunidos em uma parte próxima do centro, e a porta de pedra estava meio aberta e muito longe para que pudéssemos pular até ela, e dava para ouvir o tilintar dos Fratelli sobre as pedras abaixo de nós.

"Bocão", sussurrei, "diga algo engraçado."

"Nós todos vamos morrer!", ele gritou.

Andy estava no último compasso da música. Quatro notas restantes. Ela tocou três delas muito rapidamente, e vi que suas mãos suavam. A ponte levadiça desceu quase o suficiente para alcançarmos.

A última nota estava completamente desfocada. Andy fez uma pausa. Brand tocou seu ombro. "Andy, faça o que você fizer... não toque outra nota errada."

Foi quando os Fratelli apareceram na entrada, ainda escorregando e molhados e, obviamente, totalmente putos.

Andy estava congelada no teclado. Não queria tocar a nota errada, não queria olhar para os Fratelli, não queria pensar na longa jornada até lá embaixo, desejou que sua mãe a tivesse obrigado a continuar com as aulas de piano...

Mas Dado gritou para ela: "Toca essa porcaria e pronto!"

E ela tocou.

E foi a nota mais bonita até então, e a porta se abriu o suficiente para que a escalássemos por cima. Todo mundo pulou para a caverna seguinte. Mas eu fiquei lá só por alguns segundos, perto do órgão, de frente para os Fratelli – eles estavam de pé agora, prestes a saltar para a laje de piso que restava, onde eu estava.

"Vão embora", eu disse. "Isto não é para vocês." E pressionei um monte de teclas.

Agarrei a porta de pedra quando o chão onde eu estava despencou, levando o órgão inteiro com ele. Brand estendeu a mão, pegou meu braço e me puxou com segurança.

A caverna seguinte tinha uma encosta íngreme, e era escorregadia por causa do musgo, por isso nos amontoamos todos na borda, para decidir o que fazer. Tínhamos cuidado da gangue Fratelli, por enquanto, mas eu não podia ver qualquer saída deste novo lugar.

"Dado, acenda um foguete", eu disse. A lanterna estava perdida agora, e só havia um pouco de luz de velas da câmara de onde havíamos acabado de escapar. Estávamos todos nos segurando um no outro para termos apoio e certeza de que estavam todos ali.

E nós estávamos. Foi uma sensação boa. Nós tínhamos chegado ali juntos. Tínhamos enganado os Fratelli, e o Willy também. Apesar de eu não me sentir como se tivesse enganado o Willy, mas que eu o compreendia.

Era como se ele estivesse se comunicando comigo. Como só agora, quando eu toquei a última nota do órgão para acabar com o piso para os Fratelli não atravessarem, assim como eu pulei para o lado seguro – como é que eu sabia fazer isto? Quer dizer, não era o tipo de coisa que eu fazia todos os dias. Foi apenas uma espécie de... intuição. Ou talvez o Willy tenha me dito como fazê-lo.

Gostaria de saber se o Willy, tipo, tomou conta do meu corpo. Você sabe, como se eu estivesse possuído? Se aconteceu assim, isto explica porque eu estava me sentindo tão saudável aqui também, como se talvez o seu espírito forte e saudável estivesse fortalecendo o meu corpo para uma mudança.

Enfim, eu estava feliz por estar ali, onde quer que ali fosse. Feliz de estar ali com os meus amigos. Feliz por ter chegado tão longe e feliz por estar avançando. Então eu dirigi minha atenção para AVANÇAR.

Dado mexeu em sua mochila para apanhar um foguete e, neste movimento, perdeu o equilíbrio. Ele começou a deslizar para baixo no chão íngreme. Eu o agarrei mas ele me puxou com ele. Bocão se pendurou em mim, e a Stef nele, e a Andy na Stef e o Brandy na Andy, e antes que pudéssemos reagir, estávamos deslizando pelo chão, reduzido a uma rampa. E de repente era um escorrega de água, e ele estava nos jogando para baixo mais rápido do que podíamos controlar.

Ele se transformou em um tubo, cheio de espirais e curvas, cercado por musgo e água escorrendo. Deve ter sido uma bica de água de alta pressão para ser tão macio. Dividiu-se logo, e fomos todos separados, mas eu não podia lidar com aquilo. Eu mal conseguia lidar com esta montanha-russa suicida em que me encontrava.

Mas que jeito de descer. Quer dizer, era a coisa mais divertida e assustadora que eu já tinha feito. Eles têm um parque de diversões de escorregadores de água chamado *All Wet* perto de onde o meu avô morava, e isto aqui era melhor do que o parque, mas havia problemas com este negócio. Como as rochas que se projetavam do teto em alguns pontos, por isso, se eu fosse mais alto, elas poderiam ter me derrubado. Coisas bobas como esta. Sem tempo para pensar sobre isto, de qualquer jeito. Só me movi e me esquivei sem pensar, e de alguma forma era a coisa certa a fazer.

Finalmente, jorrei da boca da rampa, voei pelo ar, e caí com um *splash* em uma piscina de águas rasas. Em poucos segundos os outros dispararam de outros buracos da rocha e caíram ao meu redor. Houve um bocado de tossir e cuspir e sacudir a água de nossos ouvidos, até eu ficar de pé e abrir os olhos e observar em volta, aí é que quase me sentei novamente, simplesmente maravilhado. Estávamos em uma enorme e, quer dizer, caramba, gigantesca caverna. Agora o teto e as paredes eram revestidos de pedras brilhantes que cintilavam com os raios de sol que penetravam por buracos lá no alto. O lugar inteiro era uma piscina de água tranquila, azul-marinho. Apenas para além dos muros as ondas do oceano podiam ser ouvidas claramente, lambendo e batendo por todos os lados.

Mas a visão mais incrível estava no fundo da caverna – o navio! Um navio pirata de verdade, juro por Deus, bem conservado, do século XVII, inclinado meio de lado, meio enterrado na parede oposta, onde existira uma caverna, provavelmente centenas de anos atrás.

As velas estavam esfarrapadas. Um mastro se fora, os outros estavam quebrados ou inclinados. A caveira e os ossos cruzados pendurados a meio mastro. O navio descansava com suas portinholas abertas, seus canhões enferrujados apontando diretamente para nós. Era como algo tirado d'*A Ilha do Tesouro*, abandonado ali.

Nós apenas olhamos.

"É o navio do Willy", eu disse, mas ninguém estava realmente ouvindo. Eu comecei a nadar até lá.

"Espere", disse Brand. "E se tiver mais sanguessugas lá?"

Parei. Dado apenas sorriu, porém. Ele tirou uma coisa de plástico amarelo dobrado de sua mochila e puxou uma cordinha e a coisa começou a inflar e a se transformar em um bote salva-vidas. Mas o negócio é que ele não parou, foi ficando cada vez maior, até que BUM, explodiu como todas as suas outras invenções.

O som ecoou ao redor das paredes da caverna, dando início a um pequeno estrondo em cima de nós. Pequenos pedaços de terra caíram do teto, as paredes estremeceram e pedaços despencaram na água. Em seguida, ficou tudo calmo novamente. Então começamos a patinhar na direção do navio.

Falei, enquanto seguíamos: "O Willy tinha tudo planejado, vocês sabem? Ele estava esperando por nós. Por quem fosse inteligente o suficiente para descobrir seus truques. E nós fomos inteligentes o suficiente".

"E sortudos", disse Brand.

"O que vocês querem dizer?", disse Andy.

"Você não entendeu?", eu disse. "Ele esperou por nós por trezentos anos. Aposto qualquer coisa que ele está esperando lá em cima agora. É como... ele quer nos convidar a subir a bordo."

Passamos pela figura esculpida na proa do navio – a escultura em madeira de uma bela senhora, dessas que se penduram nos mastros. Agora ela estava de costas na água, presa em uma rocha escarpada. Por apenas um segundo eu tive esse *flash*, de nós ficarmos como ela – presos aqui para sempre, ouvindo falar de liberdade por dentro, sem nunca conseguir se libertar. Apenas um *flash* e depois desapareceu, e nós continuamos indo até o navio. E então eu tive uma lembrança do Capitão Gancho, perseguindo Smee até o ninho do corvo para procurar Pan,[1] que certamente estava se esgueirando exatamente como nós.

De repente, Stef se virou para o Bocão, que estava logo atrás dela, e olhou para ele meio puta.

"Olha a mão boba. Encosta em mim outra vez e eu te enfio a porrada."

Bocão pareceu meio confuso e apenas deu de ombros. Achei que era seu velho truque inocente do "Quem, eu?". Achei errado.

Poucos segundos depois, a Stef ficou realmente com o rosto vermelho e virou para o Bocão e disse: "Eu avisei", e levantou a mão para bater nele, e no segundo que levou para que a mão dela descesse, esta lula gigante saltou para fora da água entre eles, e não é mentira, a Stef acertou a lula.

A lula tinha esses olhos gigantes, vermelhos, era tão nojenta, meio rosa-cinzenta, e um de seus tentáculos estava enrolado em torno da coxa da Stef, meio que fazendo

---

[1] Personagens do livro *Peter Pan*, do escocês J.M. Barrie (1860-1937).

cócegas perto da sua virilha, e era por isso que ela achava que era o Bocão.

A lula não curtia ser esbofeteada, porém. Ela bateu na Stef de volta, e a atirou a cerca de um metro de distância dentro da água. Quer dizer, a coisa era enorme. E então, como ela estava nos informando quem é que mandava no quê, ela bateu na água com outro tentáculo. Soou como um chicote.

Eu não sei como você se sentiria em uma situação dessas, mas eu me apavorei. Quer dizer, eu sabia que a coisa era uma lula gigante, mas ainda assim eu gritei: "O que é isto?"

"Sushi gigante!", gritou Dado. Ele imediatamente recorreu à sua mochila.

O olho gigante se moveu acima da superfície, o crocodilo do Capitão Gancho nunca pareceu tão mau. Outro tentáculo agarrou a Andy em torno da cintura e a puxou em direção ao seu repugnante bico-boca. E mais outro tentáculo me pegou ao redor do tornozelo. A coisa abriu o bico para devorar a perna da Andy... e foi quando o Dado atacou.

Ele puxou seu toca-fitas da mochila, ligou e soltou o som. Talking Heads, tocando "Burning Down the House", volume máximo, alto-falantes individuais, mandando ver. Aí ele jogou o toca-fitas dentro da boca da lula.

A lula cambaleou para trás, cara, enlouquecida. Não acho que ela já tivesse encarado uma experiência dessas, tipo *new wave*. O refrão ecoou através de seu corpo, com aquele baixo pesadão. A lula chacoalhava. Ela estremecia. Se sacudia, toda agitada, e rolava. Ela largou a gente e saiu feito uma maluca, movendo-se com a batida, até que desapareceu em um dos cantos mais distantes.

"Põe outra moeda na *jukebox*, *baby*", cantarolou Bocão.

Nós não esperamos pelo outro lado do disco. Corremos feito doidos para o navio. Olhando para ele, ali, da água na altura do peito, era como olhar para um arranha-céu, tão alto que ele parecia. Mas eu não tinha vontade de esperar pelo elevador – e tinha uma coisa: as pilhas no toca-fitas do Dado não iam durar para sempre – então encontrei uma corda pendurada e comecei a subir, usando rachaduras na madeira velha para apoiar os pés. Os outros me seguiram.

"Cuidado com os estilhaços", falei para eles. "Esta madeira é realmente velha – uma espetadela e você está com tétano ou meningite..." Eu imaginei que a Mãe ficaria feliz que eu dissesse isso. E queria que ela ficasse orgulhosa de mim mesmo se eu não dissesse – principalmente se eu não saísse vivo dali. Isso me fez perceber, porém, como era diferente ali de lá de casa. Voltar lá, ficar preocupado com coisas como vacinas contra a gripe e o tétano e quilometragem e gasolina e dores de cabeça e outras coisas. Aqui embaixo era um mundo diferente. Era a vida e a morte, e maravilhas e romance, e poços sem fundo e riquezas fabulosas. Aqui você precisava pisar leve e ser rápido no gatilho. Lá, tudo o que você tinha de ser era comedido com a mostarda. Você sabe do que estou falando? Quer dizer, não é de se admirar que em casa eu fique muito doente.

Chegamos ao convés. Estava um tanto inclinado, mas dava para ficar de pé sem ter que segurar em nada, então por um minuto nós só olhamos em volta. O cordame estava todo no lugar, feito camadas de teias de aranha gigantescas, e havia teias de aranha de verdade em toda parte também, que se pareciam muito com camadas de cordame em miniatura. Por um segundo eu não pude dizer se eu era grande ou pequeno.

O convés estava cheio de todos os tipos de coisas. Cordas, cestas de vime, tapetes orientais e almofadas avariados, balas de canhão, potes e jarros, alguns pedregulhos que pareciam ter caído do teto e furaram parte do tabuado. Eu esperava ver o fantasma do Capitão Blood[2] a qualquer momento. Espadas e facas estavam penduradas em uma prateleira de armas perto da cabine principal, logo abaixo da vacilante bandeira pirata. Brand e Bocão verificaram as armas enquanto eu fui até o convés traseiro dar uma olhada. Stef e Andy gritaram que tinham encontrado um alçapão, mas estava fechado com correntes. Dado localizou algum tipo de renovador de ar ou coisa parecida e começou a escalar para baixo.

Percorri o convés superior, até que cheguei ao leme – com o esqueleto de um pirata ainda segurando os grandes raios de madeira. Ele foi um pirata festeiro, pelo estilo de suas roupas, mas não morreu em uma festa. Ele tinha adagas enfiadas em ambos os olhos.

Meio que gritei. Quer dizer, eu não me lembro exatamente de ter gritado, mas alguns segundos depois todos se juntaram a mim, então devo ter dito alguma coisa.

Stef arrancou uma das facas – eu não disse que ela era uma mulher forte? Nós a examinamos e logo descobrimos que o cabo era forrado com pequenas joias brilhantes – rubis, diamantes e esmeraldas.

"Acha que isto aqui é de verdade?", Andy perguntou.

"Se for", eu disse, "vou fazer um colar com elas para você."

Ela sorriu e bagunçou meu cabelo. Não me importaria se ela tivesse feito outra coisa, mas aceitei que ela ficasse me devendo essa. Quer dizer, se as pedras fossem reais, então este era o começo da minha Era Dourada, e todas as garotas da escola iam querer sair comigo. E Andy

---

2   Personagem do livro homônimo do anglo-italiano Rafael Sabatini (1875-1950), publicado em 1922 e adaptado para o cinema em 1935.

também. E se as pedras não fossem reais... bem, esta ainda era a melhor aventura que já tive, e não importava o que acontecesse, a gente ia poder falar sobre isto para o resto de nossas vidas.

Este pensamento foi interrompido pelo grito do Dado.

Corremos em direção a sua voz para encontrá-lo preso até a metade do eixo do ventilador, os pés saindo pelo topo, chutando. Bocão e Brand agarraram cada um uma perna e puxaram. Mas em vez de puxar o Dado para fora do ventilador, eles puxaram o ventilador para fora do convés, com Dado ainda dentro dele. Isso deixou um buraco enorme no convés. Andy enfiou a cabeça dentro dele.

Ela o puxou para fora alguns segundos mais tarde, tossindo com a poeira. "Não dá para ver nada daqui de cima", disse ela. Imediatamente ela se abaixou, se metendo no buraco, e os outros logo a seguiram. Eu acho que esta maravilha toda, a coisa extraordinária que é este navio realmente estar aqui, finalmente nos fez ficar corajosos. Ou pelo menos ousados.

Desci por último. Mas inspirei minha bombinha antes. Não que eu precisasse. Acho que foi para dar sorte ou pelos velhos tempos ou só para o caso de precisar. Foi isso.

Estava escuro ali, mas não tanto quando nossos olhos se acostumaram. Realmente, parecia mais escuro, eu acho, porque estava tudo coberto por uma espessa camada de poeira. A poeira de séculos. Sempre quis poder dizer isto. A poeira de séculos.

Havia barris, de pólvora ou de rum, acho. Havia mais uma dupla de esqueletos também, deitados num canto, com os seus ossos despencando e se misturando, os de um com os do outro, e um par de facas no meio, como se eles tivessem se metido em uma briga daquelas.

Estávamos bem juntos, nos movendo através da poeira como um daqueles produtos de limpeza industriais para tapetes que meu pai utiliza no museu. O museu. É o que isto ali era. Um destes dioramas enormes, com um navio, e marinheiros fazendo o carregamento do espólio, e as aves Gooney na costa, e a vida das plantas locais, e uma gravação de um cara contando a você sobre isto quando você aperta um botão. Só que agora estávamos no diorama. Nós éramos os Goonies.

Algo no teto chamou a minha atenção. Uma espécie de brilho amarelo faiscando através da poeira.

"Ei, legal", eu disse, "olhem para aquilo."

Nós limpamos um pouco da poeira com as mãos, e o brilho ficou mais cintilante. Caiu um pouco de lixo, apenas sujeira, principalmente, e o que sobrou foi um monte de tábuas soltas com uma espécie de luz amarelada que entrava através das rachaduras.

"Ótimo", disse Bocão. "Nós encontramos Three Mile Island."[3]

Mas enxerguei outro enigma, desta vez talhado na viga que segurava o teto, ao lado das ripas finas de madeira. Bocão leu.

> *Tenham cuidado os intrusos*
> *Com a esmagadora morte e a dor,*
> *Encharcada de sangue,*
> *Do ladrão usurpador.*

"Este é o primeiro enigma", disse Dado. "O do sótão."

---

[3] Local da central nuclear que sofreu fusão parcial e vazamento de radioatividade para a atmosfera, em 1979. Three Mile Island fica numa ilha em Dauphin, na Pensilvânia.

Ele estava certo. Nós estávamos de volta ao começo, novamente. Fim da jornada. Fiquei muito animado, quer dizer, o que quer que fosse, era isto. Subi em um banco e puxei uma das tábuas soltas no teto. Puxei, me pendurei, me balancei... todo o navio rangeu um pouco. Mas eu não me importava. Continuei com aquilo, até que finalmente a placa quebrou e caiu em cima de mim aos pedaços, junto com um bocado de entulhos.

Um raio de luz ofuscante se derramou através da abertura retangular. Luz dourada, quase neon. Todo mundo começou a puxar as tábuas até que fizemos uma abertura grande, e fiquei tão animado que não podia esperar nem mais um segundo, então saltei, agarrei a borda do buraco, e me ergui até a sala acima de nós.

Era inacreditável.

Era mágico.

Era um jardim de joias.

A sala inteira brilhava com todas as cores do arco-íris, iluminada por um raio de sol acobreado que penetrava através das janelas de algum buraco nas rochas lá fora, iluminava a coleção mais montanhosa de riquezas de que já tinha ouvido falar. Eu nunca tinha ouvido falar.

No centro da sala havia uma mesa. Sobre ela havia moedas de ouro, dobrões, moedas de prata. Árvores com folhas de ouro e esmeraldas delicadamente esculpidas, flores de safiras. Roseiras de rubis. A meia-lua feita de diamantes, suspensa no ar acima de campos de pérolas, arbustos de jade.

Centenas de outros itens estavam espalhados por toda parte e em torno deste fantástico jardim. Taças de bebida, colares, anéis, pulseiras, coroas. Coroas! Juro por Deus, coroas reais de reis de verdade!

Baús cheios de moedas, pingentes, cintos, brincos, tiaras, botões. Tapeçarias amassadas em um canto, costuradas com fios dourados. Capas, vestidos incrustados com pedras preciosas, bolas de cristal, espelhos de prata. Montes de pedras brutas, rubis, granadas, safiras, opalas-estrela, diamantes...

Meu coração estava batendo mais rápido.

"O que é isto?" Ouvi alguém lá embaixo perguntar. "Quem está aí em cima?"

Tesouro.

Um incontável tesouro pirata.

E sentados ao redor da mesa, dois de cada lado e um em cada extremidade, havia piratas.

Esqueletos de piratas, na verdade. Mortos há muito tempo, violentamente mortos.

Os dois de frente para mim, cada um tinha uma faca no coração. O que estava ao pé teve seu cutelo espetado na barriga do homem à sua esquerda, e este homem tinha sua pistola apontada para o peito do espadachim, onde o esterno parecia destruído pela bala de chumbo.

O bucaneiro à esquerda do homem esfaqueado tinha ainda um machado enterrado em seu pescoço, através de seu pescoço, na verdade, e preso firmemente na parte de trás da cadeira. E à sua esquerda, sentado à cabeceira da mesa, presidindo esta festa sangrenta, sem sangue há três séculos, sorrindo, com uma taça de prata na mão direita e um tapa-olho de couro preto sobre o olho esquerdo, estava...

Willy Caolho.

Apenas esperando por mim.

O PRIMEIRO GOONY...
O ÚLTIMO DESEJO DO WILLY...
OS FRATELLI NOVAMENTE...
ANDANDO NA PRANCHA...
O RESGATE...
O DESMORONAMENTO...
VEMOS A LUZ...
O ÚLTIMO FOGUETE DE
CHESTER COPPERPOT...
NA PRAIA...
ZARPANDO.

CAPÍTULO
IX

O resto dos caras subiram e ficaram boquiabertos por um tempo enquanto eu caminhei lentamente até a cabeceira da mesa.

Fiquei ali, de frente para ele, com todos estes sentimentos confusos – admiração, respeito, reverência, espanto. Familiaridade.

Eu falei com ele. "Olá. Sou Mike Walsh. Estes são meus amigos. Você estava à nossa espera, e bem, aqui estamos nós. Conseguimos, Willy. Estamos todos inteiros, também – até agora..."

Havia um monte de coisas sobre a mesa na frente dele. Uma pequena pilha das mais perfeitas pedras preciosas, um livro aberto, uma balança desequilibrada por moedas de ouro de um lado, barras de metal fundido de outro... e uma garrafa com um bulbo de borracha em uma extremidade e um tipo de boquim do outro, que logo que vi soube que era um inalador. Então o Willy tinha asma também.

Cheguei mais perto dele. Eu de pé e ele sentado, estávamos frente a frente agora, encarando um ao outro como primos perdidos há muito tempo. Almas gêmeas. Como se ele fosse meu antepassado. Como se eu fosse a sua reencarnação. Como se ele tivesse me chamado aqui de algum plano astral onde ele estava flutuando, me chamou aqui para que pudéssemos ficar cara a cara e talvez falar um com o outro sobre como ser pirata e ser uma criança ou talvez como ser um pirata era como ser uma criança, como talvez isso fosse uma forma de suportar ser uma criança. E então eu pensei que talvez fosse isso o que eu estava fazendo aqui embaixo o tempo todo – tentando suportar ser uma criança.

E era só isso o que o Willy estivera fazendo aqui por todos esses 300 anos. Aguentando firme por todos nós.

Com grande respeito e uma curiosidade ainda maior, eu levantei seu tapa-olho – talvez se eu olhasse para aquele olho, eu pudesse ver algo de especial nele. Sobre nós.

Não havia cavidade ocular.

Era crânio sólido. Osso sólido.

O osso da testa era todo liso e, então, quando chegava ao local onde deveria ter o olho, ficava mais plano, osso duro. Não havia sequer uma cavidade lá para um olho. Assim, mesmo em vida, ele nunca tivera um olho ali. Ele usava o tapa-olho sobre a pele vazia para fazer as pessoas pensarem que ele já tivera um olho que havia perdido. Mas ele tinha nascido sem um olho lá. Ele transformou uma desvantagem em um mistério. Em uma coisa de romance.

E então eu pensei em todas as engenhocas goony que ele tinha concebido para manter as pessoas afastadas dali e em como elas eram parecidas com as engenhocas que eu fiz para abrir o meu portão ou que Dado fez para afastar os babacas. E eu pensei em como ele era um rejeitado pela sociedade, e em seu senso de humor, e em seu mapa dobrável *fold-in*. E eu pensei em seu olho ruim e em meus pulmões ruins.

"Willy Caolho", eu disse, enquanto recolocava o tapa-olho, "você foi o primeiro Goony."

Enquanto isso, os outros caras estavam feito pinto no lixo, enchendo seus bolsos, meias e bolsas de pedras preciosas. Rindo e gritando. Todos exceto Bocão, que ficou sem palavras pela primeira vez em sua vida. Andy e Stef estavam experimentando os anéis e colares e pentes de joias. Dado colocou uma coroa, mas ela escorregou até suas orelhas. Brand estava enfiando joias em suas calças, na camisa, até mesmo na cueca. Bocão se aproximou e começou a puxar coisas da pilha que estava na frente do Willy. Mas eu o fiz parar. "Isso é dele", eu disse. "Não mexa nisso."

Bocão deu de ombros e foi colher coisas mais fáceis no chão.

Ergui um rubi enorme e perfeito contra a luz. "O Pai vai morrer quando vir este negócio", eu disse. Aquilo fez com que me sentisse calmo pela primeira vez desde que a coisa toda começou. "Ele finalmente vai conseguir dormir esta noite."

Brand gritou: "Não pegue nada que você não vá conseguir levar!" – me pareceu uma coisa estúpida de se dizer, quer dizer, se não ia conseguir levar a coisa, como é que ia pegar? "Nós vamos voltar para pegar as coisas maiores depois", ele acrescentou. Eu estava prestes a mencionar que nós ainda não tínhamos caído fora dali, mas decidi não baixar o astral de ninguém. Em vez disso, esvaziei minha bolsa de bolinhas de gude e comecei a enchê-la com pedras preciosas. Não as maiores. Eu fui escolhendo.

Minha coleção me levou ao redor da sala, e de volta ao lado do Willy, onde o meu olhar foi mais uma vez atraído para o livro que estava aberto sobre a mesa diante dele. Era escrito à mão. Ao lado dele estava uma caneta de pena meio comida por traças e um tinteiro seco.

"Ei, vem cá, Bocão, traduz uma coisa para mim", eu disse.

Ele veio até onde eu estava e olhou para o livro. "Querida Abby..." ele leu.

"Dá um tempo", eu disse.

"Ok, ok", disse ele, e se agachou para tentar ler mesmo as páginas em que o livro estava aberto.

E aqui está o que ele disse, menos as palavras que o Bocão não soube ler ou não entendeu:

"... *Nunca teria pensado que estes homens de coração de marinheiro pudessem ser tão pequenos em espírito []. Pois após a [[]]] British nos selou aqui três anos atrás, era a mais leal companhia que um cavalheiro poderia pedir neste nosso domínio. Riquezas para além [] e []. E então as mulheres morreram, cada uma, no parto ou [[]] e os homens abateram-se por []. Alguns queriam sair, mas eu não podia, como capitão, permitir tal deserção, então estes homens [], [], [] as tentações de [] e começaram a brigar muito pelo ouro. Nós éramos todos reis e ainda assim lutávamos. Três eu decapitei para ensiná-los [], e de Jilbahr eu tive de comer seu coração no café da manhã, para ensinar os outros. Depois disso, houve ordem outra vez. Nós bebemos e dormimos juntos. Nós éramos uma família outra vez,*

como não [] até que Reno enlouqueceu, e [], [] ninguém partiu, mas meus cinco fiéis tenentes, que se juntaram a mim aqui para chegarmos a um acordo. No entanto, em menos tempo do que a []]] mataram uns aos outros à minha mesa enquanto eu observava tudo com uma grande tristeza. Por um longo e solitário mês eu caminhei [] e pensei em []]]. Não, isso não pode ser, eu disse, eles não estão mortos, foi apenas uma brincadeira que esses joviais soldados fizeram comigo, para me castigar por minha dura disciplina. Mas nenhuma brincadeira apodreceria seus cadáveres a minha mesa. Eu fiz um trato com Deus, a quem havia abandonado por muitos desses anos diabólicos, e eu Lhe disse que se Ele me enviasse apenas a companhia dos homens, eu daria um terço do meu ouro para eles e um terço para a igreja. No entanto, nada aconteceu, por isso, prometi todo o meu tesouro para a igreja, o que me causou []. Em seguida, eu caí em uma raiva [], pois o meu desespero me fez []]]. Armei armadilhas para manter todos os homens fora de meu reino, por agora odiava todas as coisas e amava apenas o meu ouro e eu e []. E agora os anos se passaram e eu não sou tão []. Eu aceito o meu lugar aqui no [] pois é apropriado que alguém como eu []. Amaldiçoo as desgraças que causei, amaldiçoo o mundo que parecia tão agradável. Mas não pense que eu me arrependo da minha vida, nem de meio sol de meu tempo neste lugar sagrado. No entanto, ainda há tempo para a reflexão e [].

Pois uma vez que não há aqui agora ninguém para me ouvir, então falarei a ti – a ti, em mim, que eu perdi. Tu, menino tu, navegaste para longe de minha alma, e é a ti que eu apelo para a minha redenção e minha []]]. Sê forte ante ao mastro e alegre na tua ousada juventude – mas, em seguida, volte para mim, tu, para que eu possa finalmente repousar. E quando tu voltares e devolveres para mim o menino que um dia fui, então à tua própria masculinidade tu podes ir.

Sento-me aqui, agora em minha mesa com meus convidados. Aguardo o meu próximo visitante com alegria, e com a paixão de um segredo compartilhado. Não devo mover-me deste lugar de honra até o meu visitante honrado e aguardado chegar, pois a ele darei meu último testamento que é []]]. Tome aqui o que te pertence. O que era meu agora é teu. No entanto, se levares tudo, tu deves ter tudo – todo o corredor de sombras, a cobiça, que anseia mais, e mais será saciada, a velhice sem amigos, o túmulo de águas profundas. Leve, sim, aquilo que é adequado para o tesouro que teu coração procura e não procure um tesouro frio e brilhante, para que não te levem a cavernas distantes e lá te encarcerem em um trono de ondas, ó Rei dos desejos vazios.

William B. Pordobel
Neste dia 25 de outubro de 1684

Ficamos ali parados por um minuto quando Bocão terminou a leitura, meio solenes. Tentei virar algumas páginas, para ler mais, mas o livro inteiro ruiu entre meus dedos.

"Que toque suave", disse Bocão.

"Vamos, se apressem, caras", disse Stef. "Aqueles malucos ainda podem estar atrás de nós..."

"O que vamos fazer?", disse Andy.

"Eu sei", eu disse. *The Hardy Boys*[1], eles fizeram isso uma vez..."

Os outros voltaram a encher seus bolsos enquanto eu sugeria meu plano. "Podemos deixar um rastro desse negócio levando a uma dessas cavernas de esqueleto. Então, se os Fratelli ainda estiverem por aí, eles vão seguir a trilha enquanto nós nos escondemos em outra caverna e enganamos eles. Aí podemos fugir."

"É um bom plano."

Viramos imediatamente para a porta.

Lá estava Mama, sorrindo, com seus meninos. "Um plano realmente bom", continuou ela.

Jake e Francis tinham apanhado espadas no convés. A Mama ainda tinha sua arma, que ela apontava contra nós. Eu senti muito medo, mas Dado simplesmente surtou. "Chega!", ele gritou. "Guerra é guerra! Nós não vamos ser levados vivos!" Já eu, por exemplo, estava disposto a ser levado vivo, mas o Dado estava falando sério. Ele gritou: "Intimidador!" E puxou uma de suas cordinhas.

Seus braços e pernas começaram a se alargar, como se houvesse músculos crescendo nele, e aí esses saltos se elevaram em seus sapatos, e por um segundo ele parecia meio

---

[1] Série de livros de mistério norte-americana infanto-juvenil.

intimidador mesmo, como quando o cara se transforma em lobisomem em *Grito de Horror*,[2] ou como o Incrível Hulk. Mas então os músculos continuaram crescendo, do mesmo jeito que o bote salva-vidas, até que tudo explodiu e ele voltou ao tamanho normal.

Porém aquilo não o desanimou nem um pouco. "Estourador de Babacas", ele gritou, e puxou outra cordinha. Em um segundo, um monte de cubos de *flash* de máquina fotográfica que ele tinha presos ao seu casaco começaram a espocar ao mesmo tempo, mas logo entraram em curto-circuito, acho que por causa de toda a água que tinha entrado neles antes.

Então o Dado começou a puxar cada cordinha em seu corpo, enquanto o resto de nós só meio que ficou olhando, atônito. Suas calças e casaco, mas não foi para mais lugar algum. Bonecos *G.I. Joe* pularam das suas mangas, disparando projéteis minúsculos que caíram no chão. Rolamentos de esferas giraram para fora dos punhos de seu casaco. Foguetes, fogos de artifício, sinos – saía de tudo do corpo do Dado, mas nada estava funcionando. Foi como uma explosão de lixo.

Os Fratelli estavam adorando o show. "Este garoto é melhor do que o feriado de 4 de julho", disse Jake.

De repente houve uma chuva de faíscas enquanto o próprio Dado entrava em curto-circuito. Todo mundo se encolheu, e uma faísca enorme atingiu a mão da Mama, que deixou cair sua arma, aí nós corremos para caramba. Porta afora, do outro lado da plataforma superior. Mas os Fratelli colaram bem atrás de nós e nos agarraram em um segundo.

---

[2] Filme de 1981, dirigido por Joe Dante (1946) e adaptado da novela de Gary Brandner (1933).

Estávamos derrubados e cercados, com espadas em nossas gargantas, quando a Mama se aproximou lentamente e com muita raiva.

"De pé", disse ela.

Nós nos levantamos.

"Agora andem com isso", disse ela, "entreguem todas aquelas belezinhas que vocês pegaram no andar de baixo. Mexam-se!"

Nós esvaziamos nossas camisas e calças. Joias e moedas rolaram para o convés. Os Fratelli estavam babando tanto que eu queria oferecer a eles um lenço.

Mama foi até o Bocão e olhou para ele muito séria. "Você ficou muito quieto, de repente."

Bocão apenas sorriu com a boca fechada.

"Vamos lá, amigo, abra sua matraca", disse Mama.

Bocão abriu a boca e cerca de um quilo de pedras preciosas derramou-se dela. Então Mama enfiou os dedos lá dentro e tirou quase um metro de contas de pérolas. Bocão encolheu os ombros.

"É só isso, senhoras e senhores?", ela perguntou, sendo extremamente educada.

Nós olhamos para o chão.

Ela acenou para os filhos. "Amarrem-nos", disse ela, o que eles fizeram. E quando fomos amarrados, nos colocaram em fila na borda do convés. Bem ao lado desta coisa de mergulho a bordo que pairava sobre a água. Uma espécie de prancha.

Mama sorriu. "Vocês querem brincar de pirata? Vamos brincar de pirata."

A prancha ficava sobre uma parte da lagoa que parecia mais funda. Nenhuma lula à vista. Ainda. Mas ela ainda estava agitada pelo que havia lhe acontecido antes.

Mama desfilou de um lado a outro na nossa frente, com a espada na mão, como uma rainha pirata.

"Vocês sabem que eu sempre quis fazer isso?", disse ela. "Desde que eu era garotinha. Queria ter um monte de vagabundos melequentos dependendo da minha misericórdia para fazê-los andar na prancha. Eu e o meu bando de piratas. Então agora vamos ver, quem vai ser o primeiro? Quem quer ajudar uma vovó a realizar seu sonho? Quem quer ficar de barriguinha para cima e se contorcer para que eu possa –"

Andy chutou a Mama na canela, com força. "Sua bruxa velha nojenta", ela gritou.

Mama caiu no chão com dor, mas se levantou antes que Jake ou Francis pudessem ajudá-la. Seus olhos faiscaram, e ela ergueu a ponta de sua espada até a garganta da Andy. "Mova-se, querida", ela grunhiu. Lentamente, a Andy foi para a tábua, e com uma cutucada do cutelo da Mama Fratelli ela passou à prancha. Nós só observamos. Eu me senti totalmente impotente e enojado. A Andy parecia tão assustada, e a Mama tão demente. Era como um sonho horrível do qual você não pode acordar. Comecei a chorar.

Andy caminhou até a extremidade da prancha. Ela olhou para baixo. A superfície da água cintilava. Os irmãos nos seguravam com uma faca, de frente para a água, fazendo-nos assistir. Andy tentou dizer alguma coisa, mas ela devia estar com a garganta tão seca quanto a minha. A Mama estava bem atrás dela.

"Segure a respiração, querida", gargalhou a bruxa velha, e apontou a lâmina para Andy.

Andy saltou.

E caiu.

Ela mergulhou na água. Ela já era.

"Não!" gritou Brand. Ele correu para a frente, fora da fileira, e antes que alguém pudesse impedi-lo, com as mãos ainda amarradas, ele saltou sobre o parapeito e a seguiu até as profundezas escuras.

"Brand", eu gritei. Mas ele já estava debaixo d'água, não podia me ouvir.

Fechei os olhos. Eu não queria vê-los se afogando, ou ver a lula comê-los, ou ver suas cabeças surradas por um cardume, ou ver tubarões sentindo o cheiro do seu sangue e atacando, ou ver o sorriso da Mama ou o medo do Bocão, ou as joias no convés, ou qualquer coisa assim. Tudo o que eu queria era ver os meus pais e a minha casa, e a única maneira de vê-los era fechando os olhos.

Tudo o que eu podia ouvir era a voz fria e asquerosa da Mama Fratelli. "Dois já desceram. Quem é o próximo?"

Eles amarraram o Bocão e a Stef juntos, um de costas para o outro. Ouvi a Stef sussurrar, "Por quanto tempo você consegue prender a respiração?"

"Uma hora", o Bocão se gabou. "Garanhão do Fôlego, me deram esse apelido."

"Fala sério, uma única vez."

"Na verdade... cerca de dez segundos. Você é a única que sempre foi campeã dessa merda debaixo d'água."

"Clarke?", ela sussurrou. "Quando você ficar sem ar, é só virar o rosto para mim e vou compartilhar com você o que eu tiver."

O Bocão pareceu realmente emocionado, sabe, mas os babacas dos Fratelli não lhe deram a chance de responder nada de bom. A Mama só os arrebanhou até a prancha e os empurrou para a borda. Eles perderam o equilíbrio tentando evitar a ponta da espada e balançaram e começaram a tombar.

Foi quando todos ouvimos o grito.

Não era apavorado ou amalucado. Foi mais como um grito de Tarzan ou um grito tipo O *Pirata Escarlate*.[3] Mais como um grito de guerra.

Nós olhamos para cima e vimos o tal do Sloth se balançando no mastro. Quer dizer, eu ainda não sabia que seu nome era Sloth, isto é o que o Gordo ia me contar mais tarde. Ele usava um chapéu de pirata e tinha uma espada presa à cintura, e ele desceu de uma corda resistente e pegou o Bocão e a Stef antes que eles caíssem na água. Então, ele deu outro grande impulso para baixo e continuou balançando até o convés, onde os depositou como se fossem uma caixa de bombons.

Em seguida ele enfrentou a Mama e seus irmãos, e deu aquele rosnado animal que eu tinha ouvido da primeira vez no dia anterior, no farol. Então ele flexionou todos os seus músculos, e sua camisa se rasgou e seu peito inchou, e eu juro que nunca vi um corpo melhor na minha vida. Era totalmente incrível.

"Da Cidade dos Fortões", disse Stef. E ela conhece bem esse lugar.

Com a atenção de todos voltada para esse pirata monstruoso de pé entre nós e os Fratelli, ninguém notou muito a escalada do Gordo pela lateral, atrás de nós. Ele pegou uma faca no chão e começou a cortar as minhas amarras.

"Gordo?", sussurrei.

"É Capitão Gordo para você", ele disse, com uma voz mansa, e continuou cortando.

---

[3] Filme de 1976, dirigido por James Goldstone, com Robert Sham e James Earl Jones.

Enquanto isso, a Mama mandava seus meninos para cima do Sloth. "Peguem-no", ordenou.

Jake e Francis avançaram lentamente adiante, espadas em riste. Sloth se definiu como um jogador de linha defensiva. Francis brandiu sua espada. Sloth se abaixou, na subida ergueu Francis por cima de sua cabeça e atirou seu irmão a toda para a proa. Francis caiu com um estrondo, sem nada para amortecê-lo.

O Gordo me soltou, e fomos trabalhar nas amarras dos outros garotos.

Assim que Jake superou sua surpresa pela rapidez do movimento do Sloth, ele se lançou sobre o grandalhão com seu sabre. Aí seria muito louco se eles não tivessem uma luta de espadas. Pois tiveram.

Meu pai me contou uma vez sobre essas crianças chamadas de sábios idiotas, que nascem como totalmente fora-da-casinha em relação a tudo, porém cada um tem uma coisa que é genial dentro dele. Como às vezes um garoto que, tipo, nem sequer sabe amarrar seu próprios sapatos, mas é um gênio musical e é capaz de dar concertos de piano. Ou talvez uma criança que não pode falar ou ler ou se alimentar sozinha, mas pode ser um gênio da matemática e passa todo o seu tempo escrevendo equações e cálculos e outras coisas.

Eu acho que o Sloth era um sábio idiota espadachim.

Eles lutaram subindo e descendo o convés, no cordame e nos parapeitos, avançando e recuando e tentando estocadas e se esquivando e batendo espada contra espada como verdadeiros piratas. Quer dizer, Jake não era nenhum desastrado, mas ele também não era como o Sloth. Sloth era simplesmente algo mais bonito de se ver. Eu não sei, talvez ele tenha aprendido muita coisa em todos aqueles antigos filmes de piratas na TV ou algo assim. Quer dizer, tudo o que ele faz é assistir TV, certo?

Enfim, enquanto isso estava rolando, nós desamarramos o Dado e os outros também. Assim que o Dado se viu livre, ele gritou: "Beliscadores Perigosos!" E disparou seus dentes mecânicos, que foram bater direto sobre Jake. Esses tais Beliscadores Perigosos, cara, eles são a única invenção do Dado que funciona mais ou menos. Desta vez eles dispararam e abocanharam a virilha do Jake à direita. Isso fez com que ele se curvasse para a frente. O Sloth pegou a espada do Jake e a partiu em duas, depois o golpeou no queixo com um um soco de baixo para cima, um *uppercut* de direita, que o fez derrapar através da plataforma até acertar uma pilha de balas de canhão. Aquele ia ficar fora de circulação.

A Mama ficou lá, só assistindo tudo, realmente chateada, ou porque sua turma foi destruída ou porque ela odiava ver seus filhos brigando ou algo assim.

Nós corremos para o parapeito do navio. Andy e Brand estavam na água logo abaixo de nós. "Vamos, pulem!", chamou Brand.

"Como vocês se soltaram?", gritei. Rapaz, eu nunca tinha ficado tão feliz em ver o Brand.

"Cortei as minhas cordas com uma garrafa quebrada, depois cortei as da Andy e a puxei para a parte rasa da água. Agora pare de tagarelar e vamos lá!"

Os outros caras começaram a pular pelos lados. Eu me virei para ver como estavam o Sloth e a Mama. Eles se encaravam perto do porão, Sloth rosnando, Mama apontando sua espada.

"Certo", ela dizia, "talvez eu tenha tratado você mal, mantendo você trancado naquele quarto pequeno. Mas foi para o seu próprio bem."

Sloth rosnou mais alto e deu mais um passo em direção a ela. A Mama parecia assustada.

"Porém, nem sempre fui ruim para você", ela disse. "Você não lembra quando era pequeno? Tivemos alguns bons momentos naquela época. Lembra de quando eu cantava para você dormir?"

Sloth tomou a espada da mão da Mama e a jogou ao mar. Então ele pegou a Mama no colo e a levou até o parapeito, pronto para atirá-la ao mar. Mas aí ela começou a cantar. "Dorme neném, na copa das árvores, quando o vento soprar, o berço vai balançar..."

Sloth parou. Ficou escutando. Deixou que um sorriso doce e suave se abrisse em seu rosto, como se estivesse resgatando uma memória realmente calorosa, e começou a embalar a Mama em seus braços. Parecia que estava reconsiderando sua opinião sobre sua mãe ser uma crápula, o que não parecia ser um bom negócio para nós.

"Mikey, vamos lá!", gritou Bocão. Eles já estavam do outro lado da lagoa. Não havia mais nada que eu pudesse fazer aqui, então pulei.

Comecei a nadar assim que eu bati na água. Pude ouvir a Mama cantando lá de cima: "Quando o vento soprar, o berço cairá..." E Sloth a deixou cair na água. E então ele cantou, com sua voz bem grotesca: "E com berço e tudo mais, abaixo o bebê virá".

A Mama foi abaixo, e eu nadei o mais rápido que pude, meio nadando, meio correndo. O resto dos caras já estavam perto da margem, mais distantes. Sloth escalou o cordame, agarrou-se a uma corda, e girou por cima da água, caindo ainda mais longe do que eu. Ele chegou à praia um pouco antes de mim, e nós todos nos juntamos ali por alguns segundos, recuperando o fôlego e pensando no que fazer a seguir. Eu vi a Mama subir de volta para o navio – de modo que era uma coisa a menos com que se preocupar de imediato. Eles não viriam atrás de nós tão cedo.

E nós estávamos salvos. E tínhamos encontrado o tesouro, e eu tinha encontrado o Willy, e estávamos todos bem. Olhei para todos nós, e meu olhar pousou sobre esse cara demente, totalmente estranho, usando um chapéu de pirata dois tamanhos menor que a cabeça dele.

O Gordo tomou a iniciativa. "Gente, este é o Sloth. Ele é como nós. Um rejeitado."

Sloth sorriu e soltou um grunhido baixo.

"O que vamos fazer agora?", disse Bocão.

"Acho que vi algumas luzes se aproximando, por trás daquelas rochas lá", disse Gordo. Começamos a seguir o caminho pelas extremidades da caverna, ao longo daquelas enormes rochas, às vezes dentro da água, e depois por fora. Ele nos levava de volta para perto do navio, o que me deixou um tanto nervoso.

De repente, ouvi algo retinindo no alto, olhei para cima e vi este alçapão no convés se escancarar todo aberto, e o esqueleto do Willy ser içado para ficar na frente do leme. A abertura do alçapão acertou uma bala de canhão, que rolou por uma pista até atingir uma viga, que caiu, liberando um monte de pedras soltas até um contrapeso, que deslocou uma viga maior ainda que estava presa no sistema de apoio de toda uma parte da parede, fazendo com que a parede começasse a se desintegrar.

A caverna inteira estremeceu e rugiu. Grandes porções do teto começaram a desabar, fazendo com que rochas despencassem sobre o navio, sobre a água. Sobre nós. Corremos na direção em que o Gordo disse que havia luz. Uma curvatura inteira da parede desmoronou, deixando uma abertura ampla, ao alto, do outro lado do navio. Uma abertura para o dia. O vento inflou as velas e o navio começou a se aprumar, justo quando os Fratelli correram para o convés. A inclinação os atirou ao chão e fez com que deslizassem até o parapeito, onde pedras e escombros caíram sobre eles.

A antiga âncora começou a ser içada por algum sistema de polias reativado, suas correntes enferrujadas gemendo junto com todos os outros ruídos. Isso causou outra guinada, que atirou os Fratelli ao mar. Foi como um terremoto. O chão estava se partindo, paredes rachando, pedras despencando no chão, o lugar inteiro tremia tanto que mal podíamos suportar. E então vimos a saída. Luz no fim de um longo túnel, a luz para o exterior. Corremos para ela.

Os Fratelli vinham em nossa direção, mas não conseguiam chegar muito perto. Pedras e terra os alvejavam, e a água da lagoa começava ondular agora, também.

Chegamos à entrada do túnel, mas ela começou a desabar, como tudo o mais. Pedregulhos despencavam e chocavam-se na abertura, a terra começava a se deslocar, acumulando-se. Nós todos nos detivemos, exceto Sloth, que foi direto para a frente. Foi até a entrada e estendeu os braços contra as paredes e pressionou suas costas contra o teto baixo. E segurou a coisa inteira de pé!

"*Graw*", disse ele para nós, e ficou bem claro o que ele queria dizer. Um a um, rastejamos entre as pernas dele para o túnel. As rochas continuavam caindo de todas as partes, cara, mas Sloth não vacilou, não moveu um músculo.

O Gordo foi o último a entrar. Ele chamou "Sloth, vamos lá, pegue a minha mão, você vem também!" Mas Sloth ainda não se mexia. Ele continuava encarando a lagoa. Segui o seu olhar. Ele estava olhando para a sua Mama e seus irmãos, na água, meio afogados, lutando por suas vidas. Ele provavelmente estava pensando em toda a merda que eles tinham despejado sobre ele todos esses anos e como ele finalmente ficaria livre deles, mas então eu acho que ele deve ter pensado também que os amava, e que eles faziam parte um do outro, acho que do jeito que eu me sinto em relação ao Brand, mesmo quando ele é pura encheção de saco.

Como eu dizia, pensei em tudo isso porque o Sloth apenas virou a cabeça para o Gordo, com uma lágrima em seu olho bom, e disse: "Mãe", e deu tipo um beijinho na bochecha do Gordo e depois se virou e voltou para a caverna, de volta para sua família.

"Sloth! Não!", Gordo gritou. Mas era tarde demais. Os pedregulhos que caíram haviam isolado a entrada para sempre.

E não era só isso.

A saída para a luz do dia foi enterrada no mesmo momento.

Fomos selados no túnel.

Sem saída.

Bem, obviamente o Brand começou a entrar em pânico imediatamente.

"Temos que sair daqui", ele disse, com uma vozinha verdadeiramente fina.

Sem brincadeira. Os estrondos ainda ressoavam no chão, as pedras caíam sobre nós – eram muitas más notícias ao mesmo tempo. A voz do Brand foi ficando cada vez mais fina. "Dado, precisamos de uma de suas luzes!"

Dado remexeu sua mochila atrás de um dos foguetes de sinalização do Chester Copperpot, então acendeu um fósforo e conseguiu fazer chama que, acesa, só nos mostrou que a situação era ainda pior do que havíamos imaginado – o túnel era menor, a terra estava preenchendo ambas as extremidades como se não houvesse amanhã. Como se não houvesse sequer aquela noite.

E tinha mais. À luz bruxuleante fraca, o Dado notou algo esquisito sobre aquele foguete. "Ei, isto não é um foguetes de sinalizalição", disse ele. "É... é... dinamite!" Ele largou a coisa, e nós corremos todos para perto do final do túnel, chorando, encolhidos, e gritando. Apenas deixamos o explosivo lá, seu pavio aceso a dez metros de distância. O Dado de repente pulou, correu para a dinamite, levou-a até a outra ponta final do túnel, prendeu-a em uma fenda ali, onde a terra continuava a cair, e correu de volta para nós. Fechamos nossos olhos, tapamos nossos ouvidos, e fingimos que era um treinamento de ataque aéreo. Houve um BUM gigantesco, e a terra tremeu ainda mais, e mais terra caiu. Quando tudo se acalmou um pouco, abri meus olhos e encontrei um buraco gigante rasgado na parede.

Além do buraco, estava o oceano.

Corremos feito loucos através do buraco e saímos cambaleando em um pequeno recanto rochoso, enquanto toda a passagem se desfazia em uma nuvem de pó de rocha.

Uma praia de pedrinhas espalhadas em duas direções, e o grande Oceano Pacífico lavando-se em nossos pés.

Estava acabado.

Os pesados estrondos transformaram-se em ecos abafados ao fundo, como se tudo aquilo já fosse uma memória ou um devaneio. As cavernas e túneis do Willy estavam enterrados para sempre. Apenas sua história ficou.

Eu respirei o ar fresco do mar e olhei para nós. Machucados, arranhados, sujos e esfarrapados. Nós tínhamos passado por tanta coisa, tão juntos. Isso fez com que eu me sentisse... forte. Como se não fôssemos mais crianças Goony. Como se fôssemos heróis.

Respirei fundo, e não sei o que era, mas de alguma forma eu sabia que a minha asma também tinha desaparecido, também estava enterrada nos túneis em algum lugar.

Nós nos abraçamos e aplaudimos e saltamos para cima e para baixo totalmente amarradões, exceto pelo Gordo, que estava meio chateado por ter perdido Sloth. Foi quando ele nos contou sobre suas aventuras.

Eu já contei a maior parte delas. Ele e o Sloth entraram no túnel do crânio logo depois dos Fratelli e os seguiram rio abaixo até aquele lago, gigante e nebuloso. O Gordo disse que o Sloth teve muita dificuldade em lidar com a neblina – ele só ficou ali sentado no meio da jangada, todo agachado, meio que choramingando e tentando bater na névoa como se quisesse acertar moscas em seu pescoço. O Gordo contou que ele ficou lá consolando o grandalhão o tempo todo, acariciando suas costas e coçando atrás de suas orelhas, e que cantou *jingles* de todos os comerciais de TV de que pudesse se lembrar, sobretudo dos comerciais de comida. Então, no final, Sloth foi melhorando e até começou a cantar junto com Gordo um pouco, como se estivessem num *karaokê* qualquer.

De qualquer forma, eles finalmente conseguiram atravessar o lago, e a neblina subiu, assim como para nós, e eles caminharam na ponta dos pés sobre o mastro através da caverna das águas correntes e até pela câmara de órgãos, também. No final das contas, o piso da câmara do órgão não havia caído inteiro – ainda restava uma ponta de borda em torno da parede da entrada para a saída, e eles se apertaram sobre ela e chegaram até os escorregas de água e a lagoa.

E ali viram os Fratelli armando para cima de nós, então Sloth e o Gordo se esgueiraram sobre os Fratelli e o resto, como dizem, é história.

Começamos a andar pela praia, falando todos ao mesmo tempo sobre tudo, e nem um minuto depois dois caras da Patrulha da Praia passaram voando em um bugue, fizeram uma curva e frearam violentamente diante de nós. Um deles correu, enquanto o outro começou a falar em seu *walkie-talkie*, "Eu não sei de onde eles vieram, eles não estavam aqui há um minuto", e aquele que correu veio falar conosco: "Garotos, tudo bem com vocês?"

Eles nos levaram para a estação da guarda florestal na praia, e parecia a Central de Desastres. O lugar estava lotado de policiais, repórteres, ambulâncias, curiosos, a guarda costeira. E os pais.

Mamãe correu e me abraçou com o braço que não estava quebrado, e o Papai abraçou o Brand e disse: "Onde você estava?" Mas ele não parecia estar com raiva como eu pensava. Até a Rosalita estava lá, se benzendo toda.

Eu me senti meio constrangido. "Oi, mãe. Eu acho que estamos ferrados, né?"

Mas ela só chorou e me abraçou de novo, e então ela começou a desabotoar a minha camisa e pediu para a Rosalita que a ajudasse a me tirar daquelas roupas molhadas e me vestisse com as outras mais secas que elas haviam trazido. Eu só me deixei ser passado de uma para outra por um tempo. Eu assisti ao Gordo se reunir com seus pais. Não dá para não vê-los, eles são iguais e usam as mesmas roupas que o Gordo, até as mesmas camisas havaianas bregas. Depois que pararam de se abraçar, sua mãe lhe deu uma caixa de papelão forrada com papel alumínio.

"Lawrence, estávamos tão preocupados", disse ela. "Aqui, querido, eu embrulhei para você o jantar. É o seu favorito..."

O Gordo rasgou o papel laminado e lá estava ela – uma *Pizza Domino* completinha.

Quando a família do Dado terminou sua primeira rodada de abraços e beijos, o pai do Dado deu um passo para trás e apertou um botão em seu peito, que lançou pressão sobre a câmera em torno de seu pescoço, para que a tampa da lente se abrisse, aí o obturador fez clique e um *flash* espocou, tudo automaticamente.

"Pai, você é o maior inventor do mundo", disse Dado, e o abraçou novamente.

"E você é a minha maior invenção", disse o pai.

Eu vi o Bocão e a Stef conversando sozinhos, porque os pais deles ainda não estavam lá. "Eu só quero dizer... bem, você sabe, você ia salvar a minha vida, e eu... bem, eu... só quero dizer... obrigado."

"O quê?", ela disse. Seus olhos ficaram enormes. "O que foi isso?"

"Obrigado", disse ele, bem rápido, por isso foi muito difícil de ouvir.

"Era você falando aquilo?", disse ela, meio em choque. "Uau. Você sabe, Bocão, você parece legal, às vezes... quando a sua boca não estraga tudo." Ele assentiu com a cabeça. "Você sabe, Stef, você parece bonita às vezes... quando o seu rosto não estraga tudo." Então ele riu. "Ei, estou só brincando. Só brincando."

Eu vi a Andy com sua mãe e seu pai. Eles a envolveram em um suéter de casimira e a repreenderam por fazer uma coisa tão terrível com eles, como se aquilo tivesse qualquer coisa a ver com eles. Mas os pais são assim, às vezes são um tanto egocêntricos.

Andy veio até mim, então, enquanto todos os pais assinavam alguns formulários ou algo assim. Ela sorriu para mim. "Mikey, se você continuar beijando meninas do jeito que você beija, as suas partes que ainda não funcionam tão bem vão alcançar logo logo as partes que funcionam super-bem." Foi quando eu percebi que ela sabia que era eu que ela tinha beijado na caverna. Eu não sei se ela sabia lá na caverna, mas agora ela sabia. Ela sabia, e ela gostou.

Eu acho que é como o Willy disse, eu estava no meu caminho para me tornar um homem. Eu me senti bem, também. Sobretudo agora, com a forma como a Andy estava olhando para mim.

Brand foi lá antes que eu pudesse dizer qualquer coisa e colocou seu braço em torno dela. Mas eu não queria esvaziar o ego dele, ou minar suas defesas psicológicas ou qualquer coisa assim, você sabe? Daí eu não disse nada sobre Andy e eu. Imaginei que éramos todos adultos o suficiente para lidar com aquilo, mas por que machucar alguém se você não precisa, principalmente um amigo, certo?

Então eu os deixei caminhar juntos. Fez com que eu me sentisse um pouco como o Humphrey Bogart no belo final de *Casablanca*.

Ouvi o Brand dizer a ela, "Ok, então o que é que vai ser? Você é uma Goony em tempo integral? Ou uma Goony em meio período?"

"Eu sou uma Goony para a vida inteira", ela disse, e o beijou do jeito que ela fez para me beijar. A caminho de pegar seu avião para Lisboa.

Tossi, para não ter que ouvir o que eles estavam falando, e depois, por reflexo, porque eu estava tossindo, tirei a bombinha da jaqueta e estava prestes a dar uma aspirada quando percebi... eu não precisava mais dela. Então eu a joguei fora. Cresci ainda mais.

Notei que meu pai estava me olhando, e o vi sorrir.

De repente houve um grande tumulto, e os policiais e paramédicos correram para o litoral. E o que você acha?

Lá estava Sloth, saindo do mar, arrastando Mama, Jake, e Francis, todos eles totalmente encharcados. A polícia levou a Mama e os rapazes em custódia imediatamente, mas o Gordo foi o primeiro a chegar a Sloth. "Sloth! Sloth!", ele gritou.

Sloth soltou um grunhido feliz e levantou o Gordo no ar para um grande abraço. Gordo estendeu sua caixa de pizza para compartilhar. "Olha, Sloth. Pega um pedaço."

Um formidável olhar de reconhecimento imediato passou pelo rosto de Sloth, e ele imediatamente começou a cantar o *jingle* das *Pizzas Domino*. Em seguida ele devorou uma fatia com um única mordida.

Os pais do Gordo haviam chegado até eles na hora, e eles não pareciam muito entusiasmados. O Gordo falou: "O nome dele é Sloth, e ele é meu novo amigo. E pai? Se eles tirarem a nossa casa e tivermos que mudar para Nova York... Eu pensei que talvez pudéssemos adotá-lo. Porque eles vão levar a mãe dele para a prisão, com certeza, depois eles vão simplesmente colocá-lo em uma instituição em algum lugar, e isso não vai ser bom para ele, ele é meu amigo. Então talvez a gente possa adotá-lo e arranjar um trabalho para ele com os New York Jets ou com os Rangers, como goleiro? Agora, eu estive pensando nisso, e..."

Enquanto isso Sloth destroçava outra fatia de pizza e soltava um arroto vulcânico. Os pais do Gordo apenas o encararam, meio vidrados.

Então chegaram o Sr. Perkins e Troy em um grande *Cadillac* conversível branco. Eles se aproximaram de onde eu estava com meu pai. O Sr. Perkins acenou para nós com um papel – aquele cara nunca perdia a oportunidade de ser o maior babaca de qualquer grupo.

"Tentando me evitar, é, Walsh? Bem, fugir de seus problemas não vai resolvê-los. Nem esta festinha na praia.

Meia-noite é o seu prazo, e o sol já está quase se pondo, então vamos assinar estes papéis e acabar logo com isso."

"Por favor, Sr. Perkins", meu pai disse, "se você puder simplesmente esperar –"

"Esperar? Walsh, sua casa está bloqueando o começo do nosso primeiro *fairway*.[4] Temos que começar com você."

"Mas se você me desse um pouco mais de tempo, eu poderia achar –"

"Vamos lá, Walsh", Troy elevou o tom de voz, tal pai, tal filho, "meu pai não tem o dia todo. Tem mais cinquenta casas para destruir depois da sua."

O Pai olhou para os papéis, depois enfiou a mão no bolso e tirou seu inalador *Primatene Mist* – ah, sim, será que eu mencionei que o meu pai também tinha asma?

Vê-lo derrotado assim me deixou tão triste. Eu senti como se, de alguma forma, a culpa fosse minha. "Sinto muito, pai. Tivemos o futuro em nossas mãos, mas... nós estragamos tudo."

Parecia que papai ia começar a chorar a qualquer momento. Mas, de alguma maneira estranha, ele também parecia realmente forte e seguro de si. Não me lembro de vê-lo ficar desse jeito assim antes.

Ele olhou para mim e disse: "Você e Brand estão de volta. Seguros. Com a sua mãe e comigo. Isso faz de nós as pessoas mais ricas de Cauldron Point".

E então sabe o que ele fez? Ele jogou fora a bombinha dele. Acho que talvez ele também tenha crescido um pouco naquele dia que passou.

"Walsh?", disse Perkins. "Você está olhando para as pessoas mais ricas de Cauldron Point. Agora assine."

---

4   Parte lisa de um campo de golfe entre os buracos.

Troy apoiou o papel nas costas de seu pai e sacou uma extravagante caneta-tinteiro. "Aqui", ele disse para o meu pai, "use a minha caneta. Eu vou até deixar você ficar com ela de lembrança."

A multidão parecia saber o que estava acontecendo e, de repente, eu estava ciente de que tudo havia ficado muito mais silencioso. Todo mundo estava de olho em nós. Acho que meu pai tremia um pouco.

Eu ouvi o Dado sussurrar: "Com certeza vou sentir saudades de ser um Goony".

O vento soprava. O sol estava se pondo. Lembro de tudo sobre esse momento. A forma como o cobertor estava enrolado em volta de mim para me aquecer, a tristeza nos olhos da Mamãe quando viu o Papai pegar a caneta do Troy. O jeito como tudo estava tão tranquilo que dava para ouvir alguém tossir, e alguém esfregando as mãos. O jeito como o ar cheirava a sal, com a friagem vindo, e as longas sombras e a areia grudada no meu cabelo e o gosto das minhas lágrimas.

E eu me senti tão próximo de todos ali. Havia tanto amor, admiração e lealdade que era até difícil criar um ódio muito grande contra aqueles babacas ignorantes que tinham dinheiro e agora tinham as nossas casas, mas que de alguma forma pareciam tão patéticos e lamentáveis por tudo o que eles não tinham.

"Assine", disse Perkins novamente. Parecia o som que um inseto faz.

Lembro da maneira como os Fratelli olharam, algemados dentro de um carro de patrulha. Lembro da maneira como a Rosalita olhou, tentando evitar a tristeza dobrando as minhas roupas molhadas sobre uma grande rocha. Lembro da expressão de choque em seu rosto quando o Papai ia assinar e de repente ela começou a gritar alguma coisa em espanhol.

Fez meu pai parar, ela gritando. Fez a multidão olhar para ela. Ela só gritava.

Eu ouvi a Stef dizer para o Bocão, "Ok, Sr. Bocão – o que ela está dizendo?"

O Bocão ouviu atentamente, mas ele não era, tipo, muito bom em entender espanhol falado. "Não... sentar... não... não... não... atirar... não vomitar... não... não assinar!"

Ouvi o Bocão antes do meu pai. Enquanto o Bocão e a Stef correram, eu arranquei com força o papel da mão do meu pai, por isso a caneta-tinteiro desceu escorrendo pelas costas do Sr. Perkins.

Rosalita correu, então, carregando o que tinha encontrado na minha calça, enquanto ela a dobrava sobre a rocha – minha bolsa de bolinhas de gude. Só que não havia mais bolinhas de gude lá dentro. Lembra?

"Olha", sussurrou o Gordo, apontando para as mãos em concha da Rosalita.

Eram joias.

Rubis, esmeraldas, diamantes, safiras. De todos os tipos. Todas brilhando como um fogo extraterrestre sob os raios do sol poente.

Meu pai se virou para o Sr. Perkins. "Eu não acho que vou assinar qualquer coisa hoje, Sr. Perkins." Então ele rasgou o contrato em dois.

A multidão aplaudiu.

Os Goonies se amontoaram e deram um forte e grande abraço Goony.

De repente a polícia não conseguia mais conter os repórteres, e eles correram para a frente, tirando fotos de nós e fazendo um milhão de perguntas.

"Essas joias são verdadeiras? Como diabos vocês, garotos..."

"O que aconteceu lá? Suas vidas estavam em perigo?"

Dado falou primeiro. "Bem, a lula gigante foi algo muito ruim..."

Andy disse: "Mas andar naquela prancha foi ainda mais assustador pra mim..."

"Andar na prancha?", disse um repórter, com aquele tom de voz de adulto sabe-tudo.

"Bem, veja, nós encontramos um navio pirata", disse Brand.

"E quando nós tentamos levar o tesouro...", acrescentou o Gordo.

Mas o Xerife chegou logo em seguida, e ele não tinha visto as joias ainda, mas tinha experiência com os poderes de descrição do Gordo. "Você está contando uma das suas histórias, Lawrence?", disse ele.

"Espere", disse o Gordo, "desta vez estou realmente dizendo a verdade, Xerife, eu juro..."

O Xerife assentiu pacientemente e virou a cabeça por um segundo para dar ao Gordo algum tempo para pensar em outra resposta, mas quando ele virou a cabeça, viu algo à distância. Na água.

"Santa Mãe de Deus", ele sussurrou. E então, mais alto, "Olhem!"

Todos olhamos para o mar. E vimos o navio.

Navegando livre, para o horizonte, a última ponta do sol apenas mergulhando abaixo da linha.

Willy estava indo para casa também.

"Obrigado, Willy Caolho", sussurrei. E eu sei que ele me ouviu. Porque eu era a melodia na cabeça dele que finalmente ia libertá-lo, assim como ele era a melodia na minha.

E todo mundo naquela praia o observou velejar. Ninguém se mexeu ou disse uma palavra, até que o navio fosse apenas um ponto no horizonte.

E então ele se foi.

EPÍLOGO

O MENSAGEIRO DE ASTORIA
- Edição da Manhã, domingo, 25 de outubro -

O Country Club Hillside teve na noite passada o que o presidente do conselho Elgin Perkins descreveu como um "grande desastre no encanamento principal". Todas as áreas principais dos chuveiros desenvolveram vazamentos significativos, uma contrapressão nas tubulações de esgoto fez com que as privadas transbordassem, por vezes explodissem, torneiras foram "literalmente arrancadas de seus encaixes e puxadas para dentro das paredes". Vários membros se queixaram de lesões menores. Todo o sistema teve de ser desligado e as áreas envolvidas não serão reabertas até segunda ordem. Perkins depois brincou: "Se eu acreditasse no sobrenatural, eu diria que um *poltergeist* esteve envolvido aqui".

O encanador contratado responsável pela instalação original não pôde ser encontrado para comentar.

* * *

O ASTORIA DA TARDE
- segunda-feira, 26 de outubro -

Sete crianças de Cauldron Point, desaparecidas desde sábado, foram encontradas molhadas, mas ilesas, na noite passada em uma praia deserta perto de Hillside. Os relatos do desaparecimento, fornecidos pelas crianças, foram tão estranhos que algumas autoridades suspeitaram de uso de drogas entre elas - acusação a qual negaram veementemente. Tinham com eles um grande número de supostas pedras preciosas de alta qualidade, mas não puderam oferecer qualquer explicação de como tomaram posse das joias que não fosse uma história fantástica envolvendo "lulas, piratas e esqueletos". As pedras foram avaliadas de forma independente. O seu valor não foi revelado.

A aparição das crianças estava ligada à apreensão da gangue dos Fratelli. Jake Fratelli, que escapou da penitenciária estadual na manhã de sábado, era procurado pela polícia em seis condados. Todos os três Fratelli negaram saber a respeito das crianças desaparecidas ou das joias. Eles estão detidos sem fiança no Centro de Detenção Hillside.

* * *

O ASTORIA DA TARDE
- terça-feira, 27 de outubro -

O Conselho de Curadores da Corporação Country Club Hillside foi impedido hoje no tribunal de executar as hipotecas em terras próximas à área do cais de Astoria e de expulsar seus inquilinos. O representante da comunidade Andrew Walsh obteve uma ordem de restrição do Juiz

Turteltaub, impedindo o grupo de Hillside de entrar na área com tratores até que as ações em questão sejam examinadas e a propriedade mais claramente definida. Walsh afirma que a comunidade tem o direito de preferência sobre o imóvel, e ele agora alega ter dinheiro para comprá-lo integralmente.

O Presidente do Conselho de Hillside Elgin Perkins disse que recorrerá no caso a um tribunal superior.

* * *

O MENSAGEIRO DE ASTORIA
- quarta-feira, 28 de outubro -

O fugitivo Jake Fratelli voltou para a prisão estadual hoje, aguardando julgamento com sua mãe (Mama) e o irmão (Francis) de seis acusações de falsificação, uma acusação de incêndio criminoso, três acusações de uso ilegal de armas, duas acusações de assassinato, e vinte e duas acusações de maus tratos contra menor, relacionadas ao filho mais novo de Mama Fratelli, cujo nome foi protegido.

Jake aparentemente concordou em fornecer provas ao estado sobre um grupo de traficantes de drogas cujos membros identificavam-se como agentes do FBI e outros oficiais da lei, a fim de apreender grandes quantidades de narcóticos de comerciantes locais. Fratelli receberá imunidade sobre essa acusação e poderá declarar-se culpado por homicídio culposo em troca de seu testemunho.

* * *

O ASTORIA DA TARDE
- quinta-feira, 29 de outubro -

Relatos de um navio incomum, não registrado, avistado ao largo da costa de Astoria na noite de domingo passado, continuaram surgindo durante toda a semana. Com uma velha insígnia de "caveira e ossos cruzados", cercado por um forte nevoeiro, o navio escapou a uma busca da guarda costeira depois do pôr-do-sol.

Oficiais creem que pode ser uma das embarcações utilizadas por um grupo local de traficantes para contrabandear narcóticos na área da Baía Back.

Qualquer pessoa com informações relativas à embarcação fugitiva, por favor, entre em contato com o escritório do xerife ou este jornal.

* * *

O MENSAGEIRO DE ASTORIA
- sexta-feira, 30 de outubro -

Hoje o Country Club Hillside foi comprado por valor não especificado, em dinheiro, por um grupo que se autodenomina "Amigos das Docas Goon". O presidente do consórcio, Andrew Walsh, afirmou que o atual campo de golfe do clube será demolido, para abrir caminho para habitações de baixa renda. Questionado sobre o destino do restante do clube, Walsh afirmou que o assunto estava sob análise, mas as possibilidades incluíam planos para um novo museu histórico, uma creche, um mercado de peixe, uma casa de produtos de canalização, um restaurante chinês e um laboratório de inpenções de acesso público.

O antigo proprietário Elgin Perkins não estava disponível para comentários.

* * *

O ASTORIA DA TARDE
- sábado, 31 de outubro -

O Baile de Gala anual de Cauldron Point acontecerá esta noite no Reingold Hall, às 20h, organizado pelo Colégio Cauldron Point. O tema será Piratas do Pacífico, e toda a renda irá para a Casa do Órfão.

Michael Walsh fará um discurso especial.

* * *

O ASTORIA DA TARDE
- Edição da Manhã, sábado, 30 de dezembro -

O Sr. e a Sra. Jerry Cohen têm o prazer de anunciar o Bar Mitzvah de seu filho recém-adotado, Jason Sloth Cohen, no Templo Beth Solomon, hoje, às 11h. Recepção em seguida no Centro de Recreação Docas Goon (antigo Country Club Hillside).

EPÍLOGO MESMO!

Uma última coisa que queria dizer.

Consegui ler o relatório da polícia sobre os Fratelli, e foi isto o que aconteceu, de acordo com a Mama.

Depois que pulamos do barco, ela acordou Jake e Francis e os levou até a cabine do capitão para festejar o seu achado. E a primeira coisa que Mama agarrou foi o ouro que ficava na balança na frente do Willy. O ouro do Willy.

Bem, o fato é que aquilo fez a balança pender, e do lado da balança que caiu estava preso a uma corda que puxava um fecho que desencadeou toda a estranha armadilha que içou o Willy até o leme e derrubou as vigas de apoio na caverna, e isso deu início ao desmoronamento que foi a ruína dos Fratelli.

Então, o que eu queria dizer é, se você tentar pegar coisas que pertencem a outra pessoa, não vai obter o que pensou que estava pegando, vai acabar obtendo apenas o que deve obter.

Mas se você pegar o que alguém está tentando lhe dar enquanto você pedia pelo que imaginava querer, você acaba recebendo muito mais do que pudesse imaginar.

Foi o que aprendi com o Willy.

IN MEMORIAN

Willy Caolho

Estranhamente o medo nos cativa
PRIMAVERA NOSTÁLGICA 2014

DARKSIDEBOOKS.COM